Kajsa Arnold

Eine Villa in Portofino

EINE VILLA IN PORTOFINO

KAJSA ARNOLD

Deutsche Erstausgabe

 1. Auflage

Covergestaltung unter Verwendung

folgender Fotos: © serts by Getty Images

Kajsa Arnold c/o Andrea Wölk,

Lutherstr. 16, 46414 Rhede

www.mybooklove.de

Zitat

Chi lascia la strada vecchia per la nuova, sa quel che lascia ma non quel che trova.

Wer die alte Straße für eine neue verlässt, weiß, was er verlässt, aber nicht, was er findet.

Prolog

Portofino
Sommer 2005

WASSER. Klares, blauschimmerndes Meerwasser um sie herum. Egal, wohin sie sah. Mathilda schwamm auf der Stelle und blickte zu den Hängen hinauf. An den hügeligen Hängen von Portofino lagen hinter hohen Bäumen gut versteckt die Villen der Familien, die hier schon seit Jahrhunderten lebten. Einige Häuser waren gut sichtbar. Mathilda würde dafür sterben, um hier wohnen zu können. Doch sie lebte mit ihrem Vater in Frankfurt und kam nur in den Ferien nach Italien. Dieses Jahr hatte sie es nach Genua verschlagen. Ihr Vater hatte ein kleines Boot gechartert und sie waren die Küste entlang gesegelt. Ihr eigentliches Ziel war Rapallo, doch Mathilda hatte darauf bestanden, dass sie vor Portofino ankerten, um wenigstens einen Tag hier zu verbringen.

Die Bucht war klein und seit den fünfziger Jahren ein

Hotspot der Reichen und Schönen. Alles was es darüber zu lesen gab, hatte Mathilda wie ein Schwamm aufgesogen. Am Abend waren sie in einem der Restaurants zum Essen gewesen und nun, am nächsten Vormittag, lag ihr Vater faul in einer Hängematte und las ein Buch, während Mathilda in der Bucht schwamm und von einem Leben in Ligurien träumte. Sie stand vor dem Abitur im nächsten Jahr, das sie mit links absolvieren würde, so viel war schon jetzt klar. Sie war eine fleißige Schülerin, hatte eine schnelle Auffassungsgabe und lernte gerne. Ihr Vater würde es begrüßen, wenn sie Architektur studierte, so wie er, doch Mathilda war sich nicht sicher, ob das eine gute Idee war. Sicher gab es noch viele andere Dinge in ihrem Leben, was es zu entdecken gab.

Ein Schrei ließ sie aufschrecken und besorgt zur Esmeralda blicken, dem Boot, das sie hierher gebracht hatte. Ein erneuter Hilferuf war gleich darauf zu hören, der aber nicht vom Boot kam, sondern aus der entgegengesetzten Richtung, vom Strand her.

Mathilda schwamm einige Züge, dann horchte sie erneut. Plötzlich sah sie Hände, die aus dem Wasser ragten. Der Kopf war unter der Meeresoberfläche, dann tauchte er wieder auf. Mathilda hielt es zuerst für ein Spiel, einen Scherz, doch als erneut ein Hilferuf zu ihr herüberschallte, schwamm sie los.

Mathilda war nicht nur eine gute Schülerin, sondern auch eine passable Schwimmerin, und so erreichte sie die Person nach wenigen Sekunden. »Was ist los?«, rief sie, und erkannte einen Mann.

»Spasmo!« Krampf rief er auf Italienisch und tauchte wieder unter. Ihn schienen die Kräfte zu verlassen.

Er war schon älter, sein weißes Haar und der Bart zeugten davon. Als er wieder auftauchte, schnappte Mathilda nach ihm, brachte ihn und sich in Rückenlage. »Halten Sie still, ich hab' Sie und werde uns an Land bringen.«

Der Mann hustete und spuckte Wasser, folgte aber ihren Anweisungen, auch wenn er sie vermutlich gar nicht verstand. Er war schwer, doch Mathilda war jung und stark und hatte einen Kurs als Rettungsschwimmerin absolviert. Kurz bevor sie das rettende Ufer erreichten, verließ aber auch sie die Kraft und Mathilda rief laut um Hilfe. Es dauerte nur einen Augenblick bis Menschen am Strand sie hörten und sie und den alten Mann aus dem Wasser zogen.

Völlig erschöpft trank sie aus einer Wasserflasche, die man ihr reichte. Der alte Mann lag auf der Seite, das Haar wirr im Gesicht und blickte sie an. Um sie herum waren laute Rufe zu hören, man reichte ihnen Handtücher und Decken, sprach auf sie ein.

»Entschuldigung, ich spreche kein Italienisch, nur Englisch«, erklärte sie.

»Ah, tedesca!«, rief jemand und Mathilda nickte.

»Sí«, erklärte Mathilda.

»Sie haben mein Leben gerettet«, erklärte der alte Mann in gebrochenem Deutsch und hustete.

»Sie sprechen meine Sprache?«, fragte Mathilda verblüfft und setzte sich schweratmend auf.

»Sí, un poco, ein wenig«, erwiderte er.

Ein Mann mit einer Arzttasche kam angerannt und scheuchte die Schaulustigen zur Seite. Er redete schnell, rief mit den Armen fuchtelnd etwas auf Italienisch und die Leute trollten sich wirklich.

»Sie sind Touristin und haben Signore Alfredo gerettet?«, fragte auch er auf Deutsch. Als Mathilda nickte, stellte er sich vor. »Ich bin Dottore Russo und werde Sie gleich untersuchen.«

»Das wird nicht notwendig sein. Mir geht es gut, ich bin nur ein wenig erschöpft.«

»Können wir Sie zu Ihrer Unterkunft bringen?«, fragte der Dottore.

»Nein, ich wohne nicht in Portofino. Ich bin mit dem Boot gekommen. Die Esmeralda, sie ankert vor der Bucht.« Sie zeigte in die Richtung, in der sie das Boot vermutete.

»Können wir sonst etwas für Sie tun?«

»Wie geht es Signore Alfredo?«, fragte sie besorgt.

Der Dottore fühlte seinen Puls, hörte das Herz ab und unterhielt sich kurz mit ihm.

»Er hatte einen Krampf«, warf Mathilda ein und der Dottore nickte.

»Er wäre ertrunken, wenn Sie ihn nicht gerettet hätten. Das war sehr mutig von Ihnen, Signorina ...«

»Mathilda Krämer ist mein Name.«

Signore Alfredo fragte etwas und Mathilda sah den Dottore fragend an. »Er möchte wissen, wo Sie leben. Er will Ihnen unbedingt danken.«

»Das ist nicht nötig, ich habe nur meine Pflicht getan. Ich lebe in Frankfurt und werde übermorgen nach Deutschland zurückkehren, mit meinem Vater. Er wartet bestimmt schon auf mich, ich denke, ich muss zurück.«

»Wir werden Sie mit dem Ruderboot zurückbringen. Es ist ein ganzes Stück bis zu Ihrem Segelboot ... hey Luca!«, rief er jemandem zu, »mach das Ruderboot klar und bringe Signorina Mathilda zu ihrem Segelboot.«

Ein schlaksiger junger Mann kam angerannt und beugte sich zu Signore Alfredo hinunter, sprach leise mit ihm, strich zärtlich über dessen Gesicht, wandte sich dann ihr zu.

»Kommen Sie, Signorina Mathilda«, sprach er sie an und Mathilda wurde rot. Der junge Mann sah unglaublich gut aus und seine Stimme war so weich und schmeichelnd. Er zog sie an der Hand auf die Beine und Mathilda wurde bei der Berührung rot. Seine Haut fühlte sich so warm und weich an. Verlegen beugte sich Mathilda zu Signore Alfredo hinunter.

»Passen Sie auf sich auf, Signore. Schwimmen Sie nicht

mehr zu weit raus, ich bin nicht mehr da, um Sie zu retten.« Sie lächelte zaghaft.

»Mille Grazie, Mathilda Krämer. Ich bin in Ihrer Schuld«, murmelte er leise und lächelte. Auch wenn er ein alter Mann von schätzungsweise über siebzig war, sah man ihm an, dass er einmal ein sehr gut aussehender, junger Mann gewesen war. Seinen Charme hatte er sich jedenfalls bis heute erhalten.

»Das habe ich gerne getan.« Mathilda beugte sich vor und drückte Alfredo einen kleinen Kuss auf die Wange. »Arrivederci«, flüsterte sie.

»Ciao, Signorina Mathilda«, flüsterte Alfredo, und ihm fielen vor Erschöpfung die Augen zu.

Luca half ihr ins Ruderboot und schob es in Wasser, dann ruderte er sie zur Esmeralda.

»Sie haben meinem Großvater das Leben gerettet, ich kann Ihnen gar nicht sagen, wie dankbar ich Ihnen bin.«

Überrascht sah Mathilda ihn an. »Sie sprechen auch meine Sprache?«

»Sì, ich habe in Deutschland einige Semester studiert«, erklärte er und zog die Ruder kraftvoll durch.

Mathilda wagte es kaum, ihm in die Augen zu sehen. Er war ein richtiger Mann und sie nur ein kleines Mädchen.

»Was haben Sie studiert?«, fragte sie, nur um irgendetwas zu sagen, weil die Stille so unerträglich war.

»Wirtschaft«, erklärte er knapp. »Und Sie?« Er sah sie aufmerksam mit seinen wunderschönen braunen Augen an.

»Ich gehe noch zur Schule.« Sie kam sich so klein und dumm vor und war froh, als sie endlich die Esmeralda erreichten.

»Sie sind eine sehr mutige Frau, Mathilda. Vielen Dank für Ihre Hilfe. Vielleicht kann ich mich irgendwann revanchieren«, lächelte er sie an, als er ihr half, auf das Segelboot umzusteigen.

»Ciao, Luca«, verabschiedete sie sich und sah ihm dabei zu,

wie er wieder Richtung Strand ruderte. Ihr Herz zog sich zusammen und in diesem Augenblick wurde Mathilda klar, dass sie sich zum ersten Mal in ihrem Leben verliebt hatte.

Kapitel 1

Frankfurt
Herbst 2019

Der Brief machte so einen offiziellen Eindruck, dass Mathilda ihn sofort aufriss, als sie ihn aus dem Briefkasten fischte. Der Absender war eine italienische Adresse. Vermutlich nur Werbung, die gut gelungen war oder ein Irrtum und der Brief war gar nicht für sie. Mit müden Schritten lief sie die Stufen in die zweite Etage zu ihrer Wohnung hinauf. Mathilda bewohnte das Obergeschoss in dem Haus ihres Vaters. Dort hatte sie eine Wohnung ganz für sich allein. Das Schönste daran war die große Dachterrasse. Endlich angekommen, öffnete sie die Terrassentür, um frische Luft in die Räume zu lassen. Der Tag war hart gewesen. Sie holte ein Malzbier aus dem Kühlschrank und setzte sich nach draußen, legte die Füße hoch und genoss die letzten Sonnenstrahlen. Man könnte meinen, sie wäre fünfzig Jahre alt, dabei war sie gerade mal Anfang dreißig. Aber die letzten Wochen war sehr anstrengend gewesen. Sie hatte das Wochenendhaus eines reichen Ehepaars umgestaltet und die Frau war nur schwer zufriedenzustellen gewesen. Der Job war erledigt und jetzt würde sie erst einmal Urlaub machen. Vielleicht an die See fahren. Sie war noch unentschlossen.

Ein Klopfen an der Tür unterbrach ihre Gedanken.

»Komm rein, es ist offen«, rief sie, weil klar war, dass es nur ihr Vater sein konnte.

»Paul«, sagte sie und erhob sich, als ihr Vater auf die Terrasse trat. Sie umarmte ihn.

»Mein Kind, du siehst müde aus. Ich habe dich in den letzten Tagen kaum zu Gesicht bekommen.« Er nahm in einem der Sessel Platz.

»Magst du ein Bier? Ich habe aber nur noch Malzbier da.«

»Klar, kein Problem.«

Sie ging in die Küche, holte eine zweite Flasche und reichte sie ihrem Vater.

»Wie ist dein Auftrag gelaufen?«, fragte Paul und setzte die Flasche an die Lippen, trank in kurzen Zügen.

Seufzend legte Mathilda die Beine auf einem niedrigen Hocker ab. »Er ist erledigt, aber die Kundin war sehr ... sagen wir mal, eigenwillig. Es war nicht einfach, und ich bin froh, dass der Auftrag nun abgeschlossen ist. Er hat sich zumindest finanziell ausgezahlt, aber meine Nerven haben gelitten.« Sie lachte leise. Ihr Job als Innenarchitektin war anstrengend, aber sie tat ihn mit Herzblut.

»Was hast du jetzt vor?« Langsam ließ Paul seinen Blick über die Gipfel der Bäume gleiten. Der Ausblick von der Terrasse war wirklich schön.

Mathilda folgte seiner Blickrichtung, konnte aber nichts ausmachen, worauf ihr Vater sich konzentrierte. »Ich werde Urlaub machen«, erklärte sie bestimmt und gratulierte sich selbst dazu, wie fest ihre Stimme klang.

»Urlaub? Du hasst es doch, alleine zu verreisen.«

»Ich weiß, aber ich muss einfach mal hier raus. Seit mehr als fünf Jahren waren wir nicht mehr weg.«

»Weil wir ständig arbeiten«, nickte ihr Vater und trank einen Schluck.

»Magst du nicht mitkommen?«, fragte Mathilda ein wenig kleinlaut.

»Ich kann nicht. In der nächsten Woche haben wir Richtfest und da darf ich nicht fehlen. Anschließend startet ein neues Projekt, da werde ich ebenfalls gebraucht.«

Mathilda schüttelte den Kopf. »Du arbeitest zu viel. Pass auf dein Herz auf.« Sie berührte seinen Arm.

»Das tue ich doch, Kleines. In zwei Jahren ist Schluss, dann werde ich in Rente gehen.«

Sie blickte ihn skeptisch an und hoffte, dass er sich in zwei Jahren auch an dieses Versprechen erinnern würde.

»Was hast du da?«, fragte Paul und deutete auf den Brief, der auf dem Tisch lag.

»Keine Ahnung. Irgend so eine Werbung vermutlich.«

Paul griff nach dem Schreiben und überflog den Inhalt, sah sie irritiert an. »Nein, das ist keine Werbung. Es ist das Schreiben eines Anwalts aus Genua. Warst du in der letzten Zeit in Italien?«

Mathilda verdrehte die Augen und schüttelte den Kopf. »Nein, natürlich nicht, das weißt du doch. Zuletzt waren wir vor vierzehn Jahren dort. Was wollen die denn von mir?«

»Der Brief ist in Deutsch verfasst. Sie schreiben, dass du etwas geerbt haben sollst. Na, wenn das keine Falle ist«, murmelte Paul skeptisch.

»Wer sollte mir etwas vererben, der in Italien lebt? Ich kenne dort niemanden.« Mathilda griff nach dem Schreiben und las selbst. Zuerst fiel ihr der Name Alfredo Costa ins Auge.

Er kam ihr bekannt vor. »Alfredo Costa, sagt dir das etwas?«, fragte sie an Paul gewandt, der den Kopf schüttelte.

»Noch nie gehört. Bist du wirklich sicher, dass das kein Trick ist? Wie bei den Senioren, die man anruft und denen den Enkeltrick vorspielt? Vielleicht ist das ja ein Erbentrick?«

Plötzlich sah Mathilda das Gesicht eines alten Mannes vor sich, der neben ihr im Sand lag. *Wie geht es Signore Alfredo?* Diese Worte geisterten bei diesem Bild in ihrem Kopf herum und Mathilda räusperte sich. »Erinnerst du dich an den Sommer, bevor ich das Abitur gemacht habe? Wir hatten ein kleines Segelboot gemietet und vor Portofino geankert. Der Mann, dem ich das Leben gerettet habe. Sein Name war Alfredo, jetzt erinnere ich mich wieder.«

»Bist du dir sicher?«, fragte Paul skeptisch und verlagerte sein Gewicht, das der Rattanstuhl knarrte.

»Ja, sehr sicher. Alfredo Costa. Hier steht, dass ich am Montag in Portofino erwartet werde. Es ist eine Adresse angegeben. Alfredo ist tot? Das tut mir sehr leid, aber er war vor vierzehn Jahren bereits an die siebzig, schätze ich mal.«

Paul kramte sein Handy aus der Tasche und gab die Adresse in die Suchmaschine ein. Einen Augenblick später wurde eine Landkarte von Portofino an der Ligurischen Küste, in der Nähe von Genua angezeigt. Die Via Duca degli Abruzzi, der Ort, an dem sie sich einfinden sollte, lag an einer Hangstraße von Portofino. »Irgendwann schlägt für jeden die Stunde«, murmelte Paul. Es war ihm anzuhören, dass er darüber lieber nicht sprechen wollte. »Was glaubst du, wird dir dieser Mann vererbt haben?«, murmelte Paul und sah sich die Umgebung Portofinos auf dem Handy an, scrollte weiter.

»Ich habe keine Ahnung. Ich hätte im Leben nicht daran gedacht, dass er sich überhaupt an mich erinnern würde.«

»Zumindest gibt es diese Anwaltskanzlei in Genua, sie haben eine Homepage, die sehr professionell aussieht.«

»Zeig mal her.«

Paul reichte ihr das Handy und Mathilda blätterte durch die Seiten. Leider gab es keine Bilder der Anwälte.

»Portofino«, sagte sie leise, »weißt du, dass ich dort als Jugendliche immer leben wollte? Dieses Flair hat mich so sehr beeindruckt. Weißt du was? Ich werde mir eine Woche Urlaub nehmen, dorthin fahren und mir anhören, was diese Anwälte mir zu sagen haben. Den Rest der Woche lege ich mich in die Sonne und spanne aus.«

Ihr Vater sah sie überrascht an. »Ganz allein?«

Mathilda nickte entschlossen. »Ja, ganz allein. Ich bin so alt, dass ich auch mal ein Risiko eingehen muss.« Sie grinste breit und vermittelte so mehr Zuversicht, als sie wirklich empfand. »Ich werde nach Genua fliegen und mir dann einen Mietwagen nehmen. Jetzt im September ist das Wetter dort sehr angenehm, selbst wenn sich das Erbe als ein Irrtum herausstellen sollte, werde ich wenigstens schöne Tage in Italien verbringen. Es ist viel zu lange her, dass ich dort war und nun kann ich meine Erinnerungen ein wenig auffrischen. Du willst wirklich nicht mitkommen?«

»Du weißt, dass ich nicht nach Portofino fahre, daran hat sich nichts geändert. Es ist mittlerweile ein teures Pflaster geworden.« Paul sah sie skeptisch an.

»Geld ist doch wohl das Wenigste, um das ich mir Sorgen machen muss. Ich muss das Geld auch mal ausgeben, das ich in den letzten zehn Jahren verdient habe. Und wenn ich pleite bin, wirst du mich wohl auslösen müssen.« Sie grinste ihren Vater an, der laut lachte.

»Ich werde dir dann Geld überweisen, mich bringen keine zehn Pferde mehr dorthin.«

Kapitel 2

Mathilda hatte sich dazu entschlossen, erst die Vororte nach einer passenden Unterkunft zu durchsuchen. Nachdem sie die Preise der Hotels im Internet gesehen hatte, überlegte sie, ob sie nicht lieber nach einem privaten Zimmer Ausschau halten sollte. Neunhundert Euro pro Nacht hielt sie dann doch für etwas übertrieben. Am Flughafen hatte sie sich einen kleinen Fiat 500 gemietet. Er war nicht groß, aber ganz neu und hatte sogar ein Schiebedach. Mit viel Spaß fuhr sie die Küstenstraße entlang. Für die knapp vierzig Kilometer brauchte sie nicht mal eine Stunde, obwohl Mathilda keine Eile an den Tag legte. Sie genoss die Fahrt und kam mit bester Laune in Portofino an.

Das Treffen war für elf Uhr angesetzt und sie war gut in der Zeit. Ein Zimmer würde sie sich später besorgen, daher fuhr sie direkt zu der angegebenen Adresse. Sie hatte keine Ahnung, wo Alfredo Costa gelebt hatte. Eigentlich hatte sie gar keine Informationen über den Mann, dem sie das Leben gerettet hatte. Und es bestand immer noch die Möglichkeit, dass es sich um eine Verwechslung handelte.

Das Haus auf der Via Duca degli Abruzzi lag etwas abseits

der anderen Häuser. Es war eine freistehende Villa, die in den Hang gebaut war. Die gelbe Farbe war abgeblättert und schon mächtig vergilbt. Trotzdem versprühte das Anwesen einen gewissen Charme, dem man sich nicht entziehen konnte. Es sah nicht verkommen aus, man sah, dass es bis vor wenigen Monaten noch gepflegt worden war. Das Grundstück war an der Straße von einem hohen Zaun umgeben. Ein Tor befand sich in der Mitte. Es war nicht abgeschlossen, die Tür nur angelehnt. Mathilda wagte es, den Garten zu betreten, denn das Haus sah verlassen aus. Immerhin war sie eine halbe Stunde zu früh und konnte sich so in Ruhe umsehen.

Blühender Oleander begrüßte sie mit seinem Duft und den pinkfarbenen Blüten. Es roch nach Jasmin und Zitronen. Langsam wanderte sie den Plattenweg an einer Garde von Olivenbäumen entlang, die reichlich Früchte trugen. Einige waren bereits schwarz, andere dunkelgrün. Der Hang war abschüssig, der Garten weitläufig. Olivenbäume soweit das Auge reichte. Die steinerne Terrasse war von Blumen und blühenden Büschen umgeben. Das untere Ende des Hangs gab den Blick auf die Bucht frei. Es war einfach unglaublich. Die Sonne brannte erbarmungslos vom Himmel, doch die Olivenbäume gaben ein schützendes Schild ab. Der Blick auf das Ligurische Meer und die Fernsicht war wirklich phänomenal. Das würde Paul ihr niemals glauben. Schade, dass er sie nicht hatte begleiten können. Sie zog ihr Handy aus der Handtasche und machte ein Foto, schickte es ihm, mit dem Wort: unbeschreiblich.

Als sie sich umdrehte, zuckte sie erschrocken zusammen. Nicht weit von ihr entfernt stand ein Mann und beobachtete sie.

»Mi scusi, Mathilda. Ich wollte Sie nicht erschrecken.«

Der Mann sprach Deutsch und trat näher. Im ersten Augenblick dachte sie, Alfredo in jungen Jahren vor sich zu haben, er sah ihm auffallend ähnlich, doch sie musste sich irren. Alfredo war ja damals schon ein alter Mann gewesen.

»Ich freue mich, dass Sie der Einladung gefolgt sind. Ihrem befremdlichen Blick entnehme ich, dass Sie sich nicht an mich erinnern. Wenn ich mich vorstellen darf, Luca Goldovi. Ich habe Sie damals zu Ihrem Segelboot gerudert, nachdem Sie meinen Großvater gerettet haben.«

»Luca?«, entfuhr es Mathilda und traute ihren Augen nicht. Aus dem Jungen von damals war ein stattlicher Mann geworden. Sein schwarzes Haar, das er ein wenig länger trug, war mit einigen silbernen Strähnen durchzogen und gaben ihm ein attraktives Aussehen. Obwohl es sehr warm war, trug er einen gut sitzenden dunkelblauen Anzug und ein weißes Hemd, aber keine Krawatte.

»Ich darf Sie in Portofino begrüßen.« Er reichte ihr die Hand und Mathilda ergriff sie. »Wir waren doch schon mal beim Du«, sagte Mathilda und lächelte zaghaft.

»Grazie, natürlich. Hattest du eine bequeme Anreise?«, fragte er interessiert.

»Ja, danke. Ich bin nach Genua geflogen und den Rest habe ich mit einem Mietwagen zurückgelegt. Ich hätte nicht erwartet, auf dich zu treffen. Ich muss schon sagen, dass mich der Brief dieser Anwaltskanzlei sehr überrascht hat.«

»Meine Kanzlei hat dir dieses Schreiben geschickt«, erklärte er.

»Du bist … Anwalt?«

Er nickte und lächelte. »Was so alles aus uns werden kann.«

Mathilda strich sich eine Haarsträhne aus dem Gesicht. »Alfredo, dein Großvater, ist er … gestorben?«, fragte sie mit leiser Stimme.

Luca schob eine Hand in seine Hosentasche, mit der anderen fuhr er über sein Haar. »Ja, vor zwei Monaten. Er war alt und hat sein Leben gelebt. Es war ein gutes Leben. Dank dir sogar länger als vom Schicksal vorgesehen. Komm, lass uns ins Haus gehen, dort ist es angenehm kühl und ich erkläre dir, was das alles zu bedeuten hat.«

Sie betraten das Haus über die Terrasse. Hier war es angenehm kühl. Die Fensterläden waren halb geschlossen, sodass genug Tageslicht hereinfiel, damit man alles genau betrachten konnte. Die Terrassentür führte direkt in die Küche. Es gab einen alten Herd, der mit Holz betrieben wurde, einen Tisch und vier Stühle. In der Mitte des Raums einen Arbeitsplatz, um die Mahlzeiten vorzubereiten. Die Möbel waren weiß, wobei man ihnen die Jahre schon deutlich ansah, aber sie waren sauber und versprühten einen urigen Charme. Sie gehörten hierher, das sah man ihnen an und gaben dem Raum Atmosphäre.

»Ich habe das Haus ausräumen und reinigen lassen. Komm bitte mit in den Wohnraum.« Luca legte sanft eine Hand auf ihren Rücken und führte sie durch den Flur in den nächsten Raum. Er war angenehm groß und lag zur Straße hinaus, Richtung Norden, sodass es hier angenehm kühl war, fast schon ein wenig frostig. Mathilda rieb ihre Arme, auf der sich eine Gänsehaut gebildet hatte. Vielleicht lag das aber auch an Lucas Berührung.

»Bitte, nimm doch Platz.«

In der Mitte des Raums standen sich zwei Sofas gegenüber, getrennt durch einen niedrigen Couchtisch. Die beiden Sitzgelegenheiten waren mit beigen Überwürfen ausgestattet und wurden von einer Menge Kissen geziert. Mathilda hatte ein geübtes Auge, sodass ihr diese Details alle sofort ins Auge fielen. Gegenüber der Fensterfront standen zwei Sideboards und einige Bilder hingen an den Wänden. Fotografien, gemischt mit Gemälden. Neben dem Fenster ein Kamin, der jetzt natürlich nicht in Betrieb war.

»Darf ich dir etwas zu trinken anbieten?«

»Ein Wasser wäre toll«, erklärte Mathilda und Luca ging zurück in die Küche, kam kurze Zeit später mit einem Tablett zurück. Sorgsam schenkte er zwei Gläser mit Mineralwasser ein und gab sogar Zitronenstücke dazu.

»Vielen Dank, Luca. Das ist sehr freundlich.« Mathilda trank gierig, denn ihr Mund war völlig ausgetrocknet. Sobald sie mit Luca allein in einem geschlossenen Raum war, befiel sie wieder diese Scham. Sie spürte, wie Röte ihre Wangen erklomm. Warum war das nur so? Sie war eine erwachsene Frau und kein junges Mädchen mehr. *Reiß dich zusammen*, sagte sie sich und trank erneut einen Schluck, diesmal wesentlich ruhiger und achtete darauf, dass ihre Hände nicht zitterten und ihre Nervosität verrieten.

»Mein Beileid zu deinem Verlust«, sagte sie leise und stellt das Glas auf dem Tisch ab.

»Danke, Mathilda. Er ist eingeschlafen und nicht wieder aufgewacht. Nachbarn haben ihn gefunden.«

»Du lebst in Genua?«

Er nickte. »Ja, dort bin ich Teilhaber einer Anwaltskanzlei. Es wäre zu umständlich, jeden Tag eine Stunde zu pendeln.«

Da hatte er natürlich recht.

Aus seiner Aktentasche zog Luca einige Papiere heraus. »Alfredo hat jedes Jahr aufs Neue von dir gesprochen«, begann Luca zu erzählen. »Jeder im Ort hier kennt deinen Namen. Mathilda ist praktisch die Schutzheilige von Portofino.« Er lächelte sie an und Mathilda war nicht froh über seinen kleinen Scherz. So viel Aufmerksamkeit war nicht ihr Ding. Zum Glück hatte sie kein Zimmer gebucht, so wusste niemand, dass sie hier war.

»Es war jedenfalls sehr mutig von dir, Alfredo aus den Fluten zu retten. Das hätte nicht jeder getan und gekonnt. Du warst eine sehr junge Signorina.«

»Ich habe Alfredo damals schon gesagt, dass es nichts

Besonderes war. Ich habe es gern getan. Ich finde es sehr schade, dass ich ihn nicht habe näher kennenlernen können. Er hätte sich gut mit meinem Vater verstanden, er interessiert sich sehr für die Bauten hier in Italien, allerdings mag er Portofino nicht, warum auch immer.«

»Dein Vater?«

»Ja, er ist Architekt«, erklärte sie.

»Und du? Was ist aus dir geworden?«

»Ich habe Innenarchitektur und romanische Sprachen studiert und arbeite als selbstständige Innenarchitektin in Frankfurt.«

Luca nickte, als sein Handy sich meldete. »Bitte entschuldige mich kurz.«

Er zog es aus der Jackentasche und meldete sich.

»Sì, cara mia. Ich bin beschäftigt, kann ich dich zurückrufen? Ja, wir sehen uns heute Abend, ich liebe dich auch«, murmelte er auf Italienisch und Mathilda schaute überall hin, nur nicht in seine Richtung. Es war ja klar, dass er eine Frau oder Freundin hatte. Ein Mann wie Luca war natürlich nicht allein.

»Bitte entschuldige, das war meine Verlobte«, sagte er ein wenig zerknirscht.

»Oh, du bist verlobt. Herzlichen Glückwunsch. Wann ist die Hochzeit?«

»Das steht noch nicht fest«, sagte er schnell. Für Mathildas Verhältnisse ein wenig zu schnell.

»Und du? Bist du in festen Händen?«, fragte er neugierig nach.

»Ich?« Sie lachte peinlich berührt auf, strich sich ihr blondes Haar über die Schultern. »Nein, dafür habe ich gar keine Zeit. Ich bin mit meiner Arbeit verheiratet.«

»Das ist so typisch Deutsch. Immer in Eile, immer dem

Beruf verpflichtet.« Er grinste und auf seinem rechten Mundwinkel zeigte sich ein kleines Grübchen.

»Ja, vielleicht«, gab Mathilda verlegen zu.

»Ich habe hier eine Kopie des Testamentes meines Großvaters. Er hat darin verfügt, dass du dieses Haus hier erbst, inklusive des dazugehörigen Grundstücks.« Er reichte Mathilda unvermittelt das Schriftstück und sie nahm es mit zittrigen Händen entgegen.

»Ich? Dieses Haus? Aber das kann doch nicht möglich sein.« Völlig perplex sah sie ihn an und ihr Herz schlug hart in ihrer Brust. Sie hatte Angst, dass Luca es hören würde.

»Was ist mit deiner Familie? Dein Vater muss doch eigentlich dieses Haus erben«, stammelte sie verlegen und ließ den Blick durch den Raum schweifen.

»Alfredo war der Vater meiner Mutter, deshalb heiße ich auch nicht Costa, sondern Goldovi. Papa ist vor mehr als dreißig Jahren gestorben. Er war Fischer und ist ertrunken. Ich war erst drei Jahre alt und habe kaum Erinnerungen an ihn. Meine Mutter lebt ebenfalls nicht mehr. Brustkrebs.«

»Meine Mutter ist auch an Krebs gestorben«, sagte sie schnell. »Es ist eine heimtückische Krankheit.«

Er stimmte ihr nickend zu, sagte aber nichts weiter.

»Dann bist du also der rechtmäßige Erbe. Ich werde dir ganz bestimmt nicht dein Erbe streitig machen.«

»Das tust du nicht, Mathilda, denn wir beide haben gemeinsam dieses Haus geerbt.«

Kapitel 3

»Was?« Mathilda legte die Hand vor den Mund, konnte nicht glauben, was sie da gerade hörte.

»Ich habe dir eine Übersetzung des Testaments beigefügt. Aber wenn du Italienisch kannst, hast du sie gar nicht nötig. Alfredo hat uns gemeinsam dieses Anwesen vererbt. Daher ist es wichtig, dass du hierher kommst, damit wir besprechen können, was wir mit dem Erbe anfangen, wie wir es aufteilen. Er hat es uns zu gleichen Teilen vermacht.«

Die Worte des Testaments verschwommen vor Mathildas Augen. Sie konnte das alles nicht fassen. Tränen liefen ihr die Wangen hinunter. »Nein, Luca. Das kann ich nicht annehmen. Das ist zu viel. Ich habe kein Anrecht auf dieses Erbe.«

»Hier nimm das.« Er reichte ihr ein Taschentuch. Ein richtiges Stofftaschentuch. An der unteren Ecke waren seine Initialen eingestickt. L.G.

»Danke.« Vorsichtig tupfte sie sich das Gesicht ab und hinterließ schwarze Mascaraspuren auf dem weißen Stoff. »Tut mir leid«, murmelte sie.

»Das macht nichts. Ich kann mir gut vorstellen, dass das alles ein wenig zu viel für dich ist.« Luca erhob sich und nahm neben Mathilda auf dem Sofa Platz, legte ihr eine Hand auf die Schulter.

»Es tut mir so leid, dass Alfredo gestorben ist. So ganz allein.« Sie schniefte.

»Er ist zwar allein gestorben, aber ich habe mich am Wochenende um ihn gekümmert. Er war nicht einsam. Er hatte hier im Ort eine Menge Freunde. Schließlich hat er mehr als siebzig Jahre hier gelebt. Die Bewohner achten aufeinander.«

Obwohl all diese Informationen Mathilda ein wenig beruhigten, wollten ihre Tränen nicht versiegen. Sie blickte auf und sah Luca ins Gesicht.

»Komm her.« Er zog sie an sich und sie legte ihren Kopf an seine Schulter. »Du hast recht, es ist schade, dass er dich nicht hat besser kennenlernen können. Er hat dich gemocht. Immer wieder hat er erzählt, wie du ihn auf die Wange geküsst hast. Du hast diesem Mann auf seine alten Tage noch ein wenig Lebensfreude gegeben. ‚Luca', hat er immer wieder zu mir gesagt, ‚wenn ich nur zwanzig Jahre jünger gewesen wäre'.« Luca lachte leise und Mathilda spürte das Vibrieren in seiner Brust an ihrer Wange. Sie blickte lächelnd zu ihm auf. »Er muss ein großer Verführer gewesen sein, als er jung war.«

»Vermutlich, aber er hat immer nur Isabelle geliebt, meine Großmutter. Nachdem sie gestorben war, hat er keine andere Frau mehr angesehen. Die einzige Frau, von der er immer mit Ehrfurcht sprach, warst du.«

Mathilda sah ihn an und plötzlich erkannte sie, wie nah sie ihm war. Nahm seinen feinen Duft nach Süden, Sonne und etwas Geheimnisvollen auf. Sie schluckte hart, als er ihr tief in die Augen sah. Es war zu viel. Sie befreite sich aus seiner Umarmung und stand auf. Sie musste sich bewegen, etwas Abstand zwischen sie bringen, um wieder klar denken zu können. Sie trocknete die Tränen und versuchte, so gut es ging, ihr Augen-Make-up herzurichten. »Luca, es ist egal, was das Testament sagt. Du bist der Erbe und ich will, dass du alles bekommst.« Sie streckte den Rücken durch und drehte sich zu ihm um.

Er hatte es sich auf dem Sofa gemütlich gemacht und sein Jackett ausgezogen. Eine Hand lag auf der Armlehne, die Beine übereinandergeschlagen. »Ich denke nicht, dass du jetzt schon in der Lage bist, das alles zu überblicken. Du solltest dich erst einmal entspannen und in Ruhe darüber nachdenken. In welchem Hotel bist du untergekommen?«, fragte er mit sanfter Stimme.

Sie schüttelte den Kopf. »Ich habe mir noch kein Zimmer gebucht.«

»Gut. Du kannst hier übernachten. Das Haus hat mehr als genug Zimmer. Die Hotels sind ohnehin viel zu überteuert.«

»Hier?«, fragte sie überrascht.

»Ja. Die Betten sind alle frisch bezogen, ich habe dafür gesorgt.«

»Darum geht es mir nicht. Aber alleine in diesem großen Haus ...« den Rest ließ sie offen. Sie wollte es nicht laut aussprechen, dass sie Angst hatte, alleine in dieser fremden Umgebung zu übernachten. Eigentlich war sie kein Angsthase, doch die ganze Situation überforderte sie gerade ein wenig und sie kannte sich hier nicht aus.

»Wenn du willst, werde ich ebenfalls hier schlafen, aber nur, wenn es dir recht ist, ich will mich dir nicht aufdrängen.«

»Deine Verlobte wartet auf dich, schon vergessen?«, warf sie ein. Sie wollte nicht, dass Luca wegen ihr seinen Tagesablauf änderte, sie würde schon zurechtkommen.

Luca griff nach dem Wasserglas und trank einen Schluck. »Sie wird das verstehen. Ich muss öfter lange arbeiten oder ins Ausland fahren«, erklärte er mit knappen Worten und stellte das Glas auf dem Tisch ab.

»Ich weiß nicht recht. Ich will dich auf keinen Fall aufhalten.« Mathildas Stimme klang ein wenig brüchig, dabei wollte sie Stärke beweisen. Sie war einfach viel zu durcheinander. Was auch immer sie erwartet hatte, als sie hierher fuhr, das auf keinen Fall.

»Ich werde dir jetzt die anderen Zimmer zeigen und du kannst dich dann ein wenig ausruhen. Am Abend werde ich dich zum Essen ausführen. Überlege dir in Ruhe, was du möchtest. Natürlich besteht die Möglichkeit, dass du das Erbe ausschlägst. Aber bedenke, es wäre nicht in Alfredos Sinne und du würdest auf eine Menge Geld verzichten.«

Besorgt blickte Mathilda sich um. »Was sind dieses Haus und das Grundstück in dieser Gegend denn wert?«

Luca erhob sich und wanderte durch den Raum, beide Hände tief in den Hosentaschen vergraben. »Ich könnte es schätzen lassen, aber wenn du dich mit dem Gedanken trägst, dass ich dich auszahle, muss ich dich enttäuschen. Ich bin wohlhabend, aber so viel Geld besitze ich nicht, denn alles zusammen ist mit Sicherheit mehr als zehn Millionen Euro wert.«

Hörbar schnappte Mathilda nach Luft. »Nein, das kann nicht sein.« Sie schlug sich die Hand vor den Mund.

»Doch, doch, ich übertreibe nicht. Du hast keine Vorstellung davon, wie sehr die Grundstückspreise in den letzten Jahrzehnten in die Höhe geschossen sind. In Portofino darf nicht weiter gebaut werden. Das macht jedes Grundstück zu einem seltenen Edelstein. Zu verkaufen würde uns das Erbe aus den Händen reißen. Ich glaube nicht, dass das in Alfredos Sinne wäre.«

»Nein, natürlich nicht. Wir werden eine Lösung finden.« Mathilda starrte auf seinen breiten Rücken, denn Luca stand an der Bilderwand.

»Das bin ich mit Alfredo. Wir sind immer zusammen zum Fischen hinausgefahren. Nur wir beide. Ich habe es geliebt, Zeit mit ihm zu verbringen. Er stand mir näher als mein Vater, was auch nicht verwunderlich ist, denn er war immer für mich da. Im Grunde war er mein Vater.«

Mit langsamen Schritten trat Mathilda neben ihn, betrachtete das Bild. Es zeigte Luca, wie sie ihn in Erinnerung hatte, nur ein wenig jünger. Er hielt einen Fisch in die Höhe, den sie gefangen hatten und grinste in die Kamera. Alfredo hatten einen Arm um Luca gelegt und lächelte gutmütig.

»Man sieht Alfredo an, dass er sehr stolz auf dich ist«, sagte sie leise und blickte zu Luca auf.

Er sah sie an, ohne etwas zu sagen. Sein Blick war intensiv. Die braunen Augen so dunkel, dass sie fast schwarz wirkten. Er hatte etwas Faszinierendes an sich. Mathilda erinnerte sich an das Gefühl, das sie empfunden hatte, als sie ihm vor all den Jahren in dem kleinen Ruderboot gegenübersaß. Ihr Herz hatte für eine Sekunde ausgesetzt und dann raste es wie verrückt. Genau wie in diesem Augenblick. Er war der erste Junge gewesen, in den sie sich verliebt hatte, auch wenn sie ihn nur für einen kurzen Atemzug begegnet war. Aber er hatte nichts von seiner Anziehungskraft eingebüßt.

»Zeig mir das Haus«, forderte sie mit einem Lächeln und durchbrach damit diesen Moment.

Luca nickte. »Natürlich, komm mit.«

Kapitel 4

Als Luca die Frau im Garten stehen sah, hatte er sie sofort als Mathilda erkannt. Sie war älter geworden und noch schöner, als er sie in Erinnerung hatte. Er hatte in den letzten vierzehn Jahren oft an sie gedacht. Alfredo hatte ihm auch keine andere Wahl gelassen. Wann immer er ihn besuchte, kam die Sprache auf Mathilda. Sein Großvater ließ keine Chance aus, dieses Mädchen in Lucas Erinnerungen wach zu halten, als hätte er erkannt, dass Lucas sich in sie verguckt hatte, obwohl sie gerade Mal eine halbe Stunde miteinander verbracht hatten.

Nun stand sie leibhaftig vor ihm, sah sich das Gästezimmer an und nickte zustimmend. »Das sieht alles sehr schön aus.«

»Dann bleibst du hier?«, fragte er und konnte die Hoffnung in seiner Stimme kaum unterdrücken.

»Ja, ich denke, das werde ich.«

»Dann ruhe dich ein wenig aus. Ich habe noch etwas zu arbeiten und werde einen Tisch für zwanzig Uhr bestellen, wenn das für dich in Ordnung ist.«

»Natürlich. Vielen Dank, Luca.«

»Wo ist dein Gepäck?«

»Ich habe es noch im Auto.«

»Wenn du mir den Schlüssel gibst, hole ich es ins Haus.«

Mathilda kramte den Schlüssel aus ihrer Handtasche. »Es ist der weiße Fiat 500. Er steht direkt vor dem Haus.«

Luca machte sich auf den Weg und holte gleichzeitig auch seinen kleinen Reisekoffer aus dem Wagen. Er hatte sich darauf eingerichtet, einige Tage in Portofino zu bleiben. Natürlich hätte er auch nach Genua fahren können, und morgen wiederkommen, doch irgendwie erkannte er, dass Mathilda sich allein in diesem Haus fürchtete. Es war ein Schock für sie, als sie von dem Erbe erfuhr. Er hätte nicht damit gerechnet, dass sie es vielleicht ausschlagen würde. Jeder andere hätte sich über ein Millionenerbe gefreut, nicht so Mathilda. Sie war aus einem anderen Holz geschnitzt.

Er war beeindruckt von ihr, das musste er zugeben. Es kam selten vor, dass Menschen ihm noch imponierten, doch von Mathilda war er fasziniert. Sie sah nicht nur wunderschön aus, mit ihren hellblonden Haaren und den klaren blauen Augen, die an das Mittelmeer erinnerten. Sie wirkte wesentlich jünger. Wenn er richtig rechnete, war sie mittlerweile um die dreißig, weil sie damals bei ihrem ersten Treffen kurz vor dem Abitur stand. Doch wenn er all diese Informationen nicht gehabt hätte, würde er sie auf vielleicht Mitte Zwanzig schätzen. Etwas in ihrem Blick und ihrer Stimme war so unerfahren, rein und hilfebedürftig.

Dabei sollte gerade er sich darüber keine Gedanken machen. Er war schließlich verlobt. Aurora war eine aufregende Frau, die Feuer in sein Leben brachte. Allerdings war sie sehr anstrengend, sodass er manchmal zweifelte, ob sie wirklich zusammenpassten. Aurora war die Tochter seines Kanzleipartners. Francesco war Notar und Anwalt und Luca sollte einmal sein Nachfolger werden. So war es recht praktisch, dass Luca sich mit dessen Tochter verlobt hatte. Doch liebte er Aurora? Zu Anfang hätte er diese Frage mit einem klaren Ja beantwortet.

Mittlerweile war er sich dessen nicht mehr so sicher. Sie war launisch, verwöhnt und spielte die Menschen gegeneinander aus, bis sie das bekam, was sie wollte. Alles Eigenschaften, die Luca gar nicht gefielen.

Sobald er das Haus verlassen hatte, schrieb er Aurora eine Nachricht, dass er heute nicht mehr nach Genua zurückkehren würde und schaltete dann das Smartphone aus, denn er wollte sich eine endlose Diskussion ersparen. Sie waren heute auf eine Party eingeladen, auf die er ohnehin keine Lust hatte. Aurora würde sich auch ohne ihn amüsieren. Er zog ein ruhiges Abendessen mit Mathilda vor. Schließlich mussten sie über die Vorgehensweise sprechen, was aus dem Haus werden sollte.

Den Nachmittag über hatte Luca gearbeitet, einige Verträge vorbereitet und diese nach Genua geschickt. Um den Rest würde sich sein Assistent kümmern. Anschließend rief er bei Franco an und bestellte einen Tisch für zwei. Normalerweise war Franco immer auf Wochen ausgebucht, aber sie waren Freunde seit Schulzeiten und Luca bekam immer einen Tisch. Dann hatte er sich in einem der Gästezimmer eingerichtet, geduscht und sich umgezogen.

Im Wohnzimmer wartete er anschließend auf Mathilda. Als sie das Zimmer betrat, hielt er kurz den Atem an. Sie sah einfach wunderschön aus, trug ein dunkelrotes Seidenkleid, das ihr blondes Haar gut zur Geltung brachte. Die langen Locken fielen ihr offen über die Schultern. Das Kleid bedeckte ihre Knie, sah aber trotzdem sexy aus. Da die Schuhe die gleiche Farbe besaßen, harmonierten sie zusammen mit der Clutch, die sie in den Händen trug. Eine beigefarbene Stola hatte sie sich über den Arm gelegt.

»Falls es kühl wird«, erklärte sie.

Ihre Lippen zierten einen dunkelroten Lippenstift und Luca konnte seinen Blick für einige Sekunden nicht abwenden. Sie sah umwerfend aus und raubte ihm den Atem.

»Wollen wir das Auto nehmen?«, fragte sie und ging Richtung Tür.

»Nein, wir können laufen. Es ist nicht weit und der Wetterbericht hat keinen Regen vorausgesagt.«

Luca steckte die Brieftasche ein, das Handy ließ er allerdings zurück.

Der Weg zur Bucht war mit Laternen gepflastert, die bereits leuchteten, obwohl es noch nicht wirklich dunkel war.

»Wohin gehen wir?«, fragte Mathilda neugierig.

»Zu Franco. Ein italienisches Restaurant, das von meinem besten Freund betrieben wird. Es wird dir dort gefallen.«

Der Weg war uneben, und als Mathilda mit einem Absatz hängen blieb, nahm er ihren Arm, damit sich nicht fiel.

»Die Straßen sind wie diese Menschen hier. Voller Narben und Makel, aber trotzdem geliebt«, erklärte Luca lächelnd.

»Warum hast du den Ort verlassen?«, fragte Mathilda sanft nach und schnupperte in der Luft, als hätte sie einen Duft wahrgenommen.

Darüber musste er ein wenig nachdenken, bevor er antwortete. »Ich habe in Rom und München studiert. Danach kam mir Portofino wie eine andere Welt vor. So klein und nichtssagend. Ich wollte etwas bewirken, die Welt verändern.«

»Und das willst du jetzt nicht mehr?«

»Meine Prioritäten haben sich verändert. Andere Dinge im Leben sind mir nun wichtig. Ich glaube, es hat damit zu tun, dass ich älter geworden bin und auch, dass ich einen geliebten Menschen verloren habe.«

Mathilda nickte. »Es tut mir leid, dass ich Alfredo nicht richtig habe kennenlernen können. Ich wollte immer hierher zurückkehren, und es doch nicht getan.«

»Warum nicht?«, wollte er wissen.

Sie hob die Schultern. »Mir ist auch das Leben dazwischen gekommen. Ich habe mich direkt nach dem Studium selbstständig gemacht, weil ich gemerkt habe, dass ich nicht zu den Menschen gehöre, die die Ideen anderer erfüllen und nach deren Pfeife tanzen möchten. Ich wollte immer meine eigenen Projekte verwirklichen. Ich glaube nicht, dass ich eine gute Angestellte abgegeben hätte. Ich habe einige Praktika absolviert, doch das war nichts für mich. Ich war immer zu vorlaut, zu aufsässig.« Sie lachte auf. »Zum Glück verfügt mein Vater über viele Kontakte. So bekam ich direkt einen ersten Auftrag, darauf folgte der nächste und so weiter. Jedoch fehlte mir die Zeit, um auszuspannen. Ich habe in den letzten Jahren ununterbrochen gearbeitet und mir einen guten Namen gemacht. Das Privatleben blieb dabei allerdings auf der Strecke. Manchmal habe ich das Gefühl, dass man immer nur die Wahl zwischen dem einem oder dem anderen hat. Entweder im Beruf durchstarten und genug Geld verdienen, oder ein angenehmes Leben, aber kaum Geld, um es zu gestalten. Es scheint doch wie verhext.«

Da konnte Luca ihr nur beipflichten, genauso hatte er es auch empfunden. »Ja, der Grat ist schmal und das richtige Gleichgewicht zu finden schwer.«

Sie waren am Hafen angekommen und Luca steuerte auf einen schmalen Eingang zu. »Das Lokal ist klein, hat aber einen ausgezeichneten Ruf. Du musst unbedingt Francos selbst gemachte Cannelloni probieren. Sie sind mit Trüffel und Mangold gefüllt und zergehen auf der Zunge.«

»Wirklich? Ich liebe Cannelloni«, rief Mathilda begeistert.

»Dann bist du hier genau richtig.«

Sobald sie das Restaurant betraten, kam Franco auf sie zu und begrüßte Luca überschwänglich.

»Ciao Luca! Seit wann bist du hier? Wir haben uns seit

Alfredos Beerdigung nicht mehr gesehen. Es ist eine Schande, dass du immer in diesem versnobten Genua herumhängst.«

»Franco! Es ist gerade mal zwei Monate her.«

»Was? Zwei Monate schon? Ich sage doch, es ist viel zu lange her.« Er lachte laut.

»Franco, darf ich dir Mathilda Krämer vorstellen? Mathilda, das ist mein Freund Franco, der beste Koch, den du in Portofino finden wirst, ach was, in ganz Italien.«

»Buona sera, Signora Mathilda, es ist mir eine Ehre.« Franco, charmant wie er war, nahm ihre Hand und deutete einen Handkuss an.

»Ich glaube, du hast mich nicht richtig verstanden, Franco. Das ist *Mathilda*.« Luca hob eine Augenbraue.

»Du meinst … *die* Mathilda. Alfredos Mathilda, die heilige Mathilda?«, flüsterte er ehrfürchtig.

Luca sah, wie sich Mathildas Wangen rot färbten. Ihr war diese Aufmerksamkeit wohl peinlich. Vielleicht hätte er sie vorwarnen sollen.

»Ich bin wirklich geehrt, Sie in meinem bescheidenen Restaurant begrüßen zu dürfen. Nehmt doch Platz, ich habe Euch den besten Tisch freigehalten.«

Franco führte sie in den hinteren Bereich des Gastraums, der bis auf den letzten Platz gefüllt war. Neugierige Köpfe drehten sich zu ihnen herum, einige Gäste winkten Luca zu. Er war hier aufgewachsen, und man kannte ihn noch, obwohl er schon vor vielen Jahren weggezogen war.

»Was kann ich euch bringen?«, fragte Franco und sah Mathilda erwartungsvoll an.

»Oh, ich weiß nicht genau. Aber ich habe gehört, dass Ihre Cannelloni hervorragend sein sollen.«

Franco klatschte in die Hände. »So ist es.«

»Wir nehmen als Vorspeise einen Salat Frutti de Mare, die Cannelloni als Hauptspeise. Das Dessert suchen wir später aus und die Weinauswahl überlasse ich dir«, erklärte Luca mit einem Grinsen.

»Grazie, dann werde ich mich mal auf schnellstem Weg in die Küche machen«, erklärte Franco strahlend.

»Verlauf dich nicht«, rief Luca ihm zu und schenkte Mathilda ein Lächeln.

»Ihr versteht Euch immer noch gut«, bemerkte sie und sah sich neugierig um, doch als sie wahrnahm, dass man sie anstarrte, schaute sie schnell wieder weg.

»Ich hatte dir erzählt, dass man dich hier verehrt und nun bist du leibhaftig hier aufgetaucht. Die Menschen in Portofino sind so, wie überall auf der Welt: neugierig.«

Sofort wurde Mathilda wieder rot. »Das ist mir sehr peinlich. Ich habe doch gar nichts getan.«

»Doch, in den Augen der Bewohner schon. Du hast einen von ihnen das Leben gerettet und das werden sie dir niemals vergessen. Und ich auch nicht.«

Kapitel 5

Mathilda blickte verlegen auf die rot karierte Stofftischdecke. Dass alle im Restaurant sie anstarrten, gefiel ihr gar nicht. Luca hatte so etwas erwähnt, doch wirklich daran geglaubt hatte sie nicht. Nun sah sie mit eigenen Augen, wie die Menschen die Köpfe zusammenstecken und über sie sprachen. Vermutlich hielten die Touristen sie für eine bekannte Schauspielerin oder einen Musikstar.

»Mach dir nichts draus, das wird sich legen. Wenn sich erst einmal herumgesprochen hat, dass du hier bist und jeder dich zu sehen bekommen hat, wird das Interesse nachlassen«, erklärte Luca und grinste breit.

»Vielen Dank auch. Ich mag es gar nicht, so im Mittelpunkt des Interesses zu stehen.« Mathilda wünschte sich eine Speisekarte, hinter der sie ihr Gesicht verbergen konnte.

»Wollen wir uns nach draußen setzen? Dort sind noch Tische frei und die anderen wohl eher von Touristen besetzt«, schlug Luca vor und sah sie fragend an.

»Nein, ich will nicht noch mehr Aufsehen erregen«, flüsterte sie und schloss kurz die Augen. Vielleicht wäre alles nicht so schlimm, wenn sie die Augen wieder öffnete. Als sie es tat, blickte sie in die dunkelbraunen Augen von Luca, der sie belustigt ansah.

»Das geht aufs Haus.« Franco stellte drei Grappa Gläser auf dem Tisch ab.

»Auf die heilige Santa Mathilda«, rief er laut und hob sein Glas. Alle Anwesenden im Lokal taten es ihm gleich und starrten sie an, riefen ihr Worte zu, die sie in dem Lärm nicht verstand. Auch Luca nahm eines der Gläser und nickte ihr gewinnend zu. Was für ein Verräter. Mathilda warf ihm einen missbilligenden Blick zu, der ihr nur ein Lachen von Luca einbrachte. Ergeben hob sie ihr Glas und prostete den Menschen zu, kippte den Grappa in einem Zug hinunter. Die Dorfbewohner taten es ihr gleich und jubelten. Danach legte sich der Trubel um Mathildas Person und die Leute widmeten sich wieder ihrem Essen.

»Du hast es überstanden«, erklärte Luca. »Hier bekommt man immer seine fünf Minuten Aufmerksamkeit und danach ist alles wieder wie vorher. Die Menschen sind einfach gestrickt, aber ehrlich und gut.«

Mathilda nickte. »Wenn Franco nicht bald etwas zu essen bringt, werde ich schon vor der Hauptspeise vollkommen betrunken sein«, erklärte sie und atmete tief ein.

Luca lachte. »Das ist auch wieder so typisch Deutsch. Italiener werden mit Rotwein statt Blut geboren.« Er zwinkerte ihr zu.

Ein Kellner brachte Brot und eine Auberginencreme an den Tisch. Sofort griff Mathilda zu. »Ich sterbe vor Hunger.« Während sie richtig zulangte, sah Luca sie immerfort nur an.

»Hast du es dir überlegt? Wollen wir das Haus verkaufen? Es gibt bestimmt eine Menge Kaufinteressenten. Ich kann mich ja mal umhören.«

»Ist es das, was du möchtest?«, fragte sie und kaute genüsslich. »Die Creme ist super, die musst du probieren.«

Endlich griff auch Luca nach dem Brot, damit Mathilda nicht in Versuchung kam, es ganz alleine aufzuessen.

»Ich bin mir nicht sicher. Eigentlich möchte ich nicht verkaufen, aber mir gehört es nicht allein und wie gesagt, ich kann dich nicht auszahlen. Wir sind also darauf angewiesen, einen Kompromiss zu finden.«

»Ich bin gut darin, Kompromisse zu finden«, erklärte Mathilda.

Endlich kamen die Vorspeisen und sie machten sich über den Salat her.

»Gut, dann bin ich gespannt, was du mir vorschlägst.« Luca probierte einen Schluck Wein, den der Sommelier kredenzte. »Sehr gut«, bestätigte er. »Franco hat wie immer einen ausgezeichneten Weingeschmack.« Er nickte dem Weinkellner zu, der die Gläser füllte.

»Auf einen wunderschönen Abend, Mathilda.« Luca hielt ihr sein Glas entgegen und Mathilda nahm ihres zur Hand. Vorsichtig stießen sie mit den Gläsern an, was einen feinen Klang erzeugte.

»Trinken wir auf Alfredo«, schlug sie vor.

»Auf Alfredo«, stimmte Luca zu.

Mathilda konnte ihm nur zustimmen, der Wein war köstlich und sie würde sich zurückhalten müssen, wenn sie nicht das Lokal betrunken verlassen wollte.

»Also, erzähl mir von deinen Vorstellungen. Was können wir mit dem Haus anfangen?«

»Wir könnten es umgestalten und vermieten«, schlug sie vor. »An Touristen oder auch für längere Zeit. Es wäre ein gutes zusätzliches Einkommen. Die Oliven sind reif. Wir könnten unser eigenes Olivenöl herstellen. Der Garten ist riesengroß und es bietet sich an, dass wir ihn umgestalten, um dort Hochzeiten abzuhalten. Ein Garten mit dieser Aussicht ließe sich auf vielerlei Weise nutzen. Da es acht Gästezimmer gibt, ist es das ideale Haus für eine Hochzeitsfeier.« Sie sprühte nur so vor Ideen und Luca sah sie an, als wäre er von jeder einzelnen fasziniert.

»Oh wow! Das alles sind ... eine Menge Ideen. Hast du den ganzen Nachmittag darüber nachgedacht, oder sie einfach so aus dem Ärmel geschüttelt?«

Mathilda lächelte verlegen. »Das ist mir gerade so durch den Kopf gegangen. Es ist mein Beruf, Ideen zu entwickeln und ich bin gut darin«, sagte sie nicht ganz ohne Stolz.

»Ich bekomme gerade eine Kostprobe davon«, sagte Luca leise und fixierte Mathilda.

»Hat es Euch geschmeckt?«

Francos Frage unterbrach ihre Unterhaltung und sie sah verwirrt zu ihm auf. »Was? Ach ja, der Salat! Ja, natürlich. Er war hervorragend.«

»Hier kommen eure Cannelloni. Wo hast du eigentlich Aurora gelassen?«, fragte Franco an Luca gewandt.

»Du kennst doch ihre Abneigung gegen Portofino«, erklärte Luca knapp und sah Franco eindringlich an.

»Luca ist mit meiner Schwester verlobt«, verriet Franco an Mathilda gewandt, die überrascht zu Luca blickte.

»Oh, na so was. Dann seid Ihr ja bald verschwägert.«

»Noch ist es nicht so weit«, knurrte Luca ausweichend.

»Ich verstehe es auch nicht, was Luca an Aurora findet. Sie ist ein verzogenes Kind, das seine Herkunft leugnet. Sie ist wie wir alle hier in Portofino aufgewachsen, doch sie tut so, als wäre sie eine Frau von Welt. Sie spricht schon seit Jahren kein Wort mit mir. Wenn du mich fragst, sollte er diese Verlobung lieber lösen, bevor er in sein Unglück rennt.« Franco lachte.

»Jeder ist seines eigenen Glückes Schmied«, meinte Mathilda gelassen und trank einen Schluck Wein.

»Darauf werden wir zum Abschluss nochmal trinken«, verkündete Franco und zog mit den leeren Salattellern ab.

Die Cannelloni waren wirklich ein Gedicht, Luca hatte nicht zu viel versprochen. Die aufgeschlagene Sahnesoße mit Sellerie passte ausgezeichnet dazu und Mathilda genoss ihre Portion mit Verzückung, hätte am liebsten die Augen geschlossen. Sie unterhielten sich unterdessen über ihre Arbeit, das Land und die Leute. Fanden heraus, dass sie beide französische Filme liebten und gute Weine. Die anfängliche Schüchternheit, die Mathilda befallen hatte, legte sie mit der Zeit ab und sie lachten über die gleichen Dinge. Es war ein Abend, der sich zum Schönsten seit langer Zeit für sie entwickelte.

Zum Nachtisch wählten sie einen kleinen Kuchen mit flüssigem Schokoladenkern, der auf der Zunge zerging. Danach war sie nur froh, dass sie ein nicht ganz so enges Kleid gewählt hatte, denn sie konnte sich kaum noch rühren, so voll war sie.

»Mein Gott! So viel und so gut habe ich schon lange nicht mehr gegessen«, gab sie zu.

»Ja, Franco ist ein ausgezeichneter Koch. Keine Ahnung, warum er sein Talent hier verschwendet«, bemerkte Luca kopfschüttelnd.

»Findest du, dass er es verschwendet? Ich bin der Meinung, dass Talent nicht verschwendet ist, solange man glücklich dabei ist. Egal, was man tut.«

Luca rührte langsam in seinem Espresso, den er sich noch bestellt hatte. »Bist du glücklich, mit dem, was du tust?«

Mathilda überlegte einen Augenblick. »Meistens«, fand sie dann. »Und du?«

Da brauchte er nicht lange nachzudenken. »Nein«, stieß er postwendend hervor und presste die Lippen aufeinander.

»Das tut mir leid. Dann solltest du etwas daran ändern.«

»Ja, vielleicht. Aber es ist nicht so einfach, wenn man festgefahren ist.«

»Manchmal bedarf es nur eines kleinen Anstoßes von außen«, erklärte sie und lächelte Franco an, der sich zu ihnen an den Tisch setzte. Das Restaurant hatte sich mittlerweile geleert, die Küche bereits geschlossen.

»Ich hoffe, es war alles zu Eurer Zufriedenheit?«, fragte er und seine Augen leuchteten dabei.

»Ich glaube, ich habe noch nie besser gegessen«, lobte Mathilda.

»Das sagt sie jetzt nur, damit du dich freust.« Luca grinste boshaft.

»Das stimmt überhaupt nicht«, wehrte sie sich. »Ich koche selbst gerne und weiß ein gutes Essen zu würdigen.«

Franco lachte laut auf. »Keine Chance, mein Freund. Ich vertraue auf Mathildas Urteilsvermögen ... hey Paolo, mach die Musik lauter«, rief er seinem Angestellten hinter der Bar zu. »Wollen wir doch mal zum gemütlichen Teil des Abends übergehen.«

Die einheimischen Gäste räumten einige Tische zur Seite und begannen zu tanzen.

»Darf ich bitten?«, fragte Franco, erhob sich und hielt Mathilda die Hand entgegen.

»Was? Nein, ich kann nicht tanzen«, sagte sie schnell.

»Das glaube ich Ihnen nicht. Kommen Sie, Mathilda, machen Sie mir die Freude.«

Mathilda blickte zu Luca, doch von ihm konnte sie keine Hilfe erwarten. Er hatte sich genüsslich zurückgelehnt und sah sie belustigt an. Na, zumindest wären sie nicht das einzige Paar. Auf der provisorischen Tanzfläche gab es noch andere Gäste, die sich zu der langsamen Musik bewegten.

»Okay, weil Sie es sind, Franco«, gab sie nach.

Es hätte es verwundert, wenn nicht ein Lied von Eros Ramazzotti gespielt worden wäre. *Se bastasse una canzone* brachte alle zum Schwärmen. »Sie brauchen sich nicht so ins Zeug legen, Franco, ich bin schließlich keine Touristin«, grinste Mathilda.

»Wollen Sie damit andeuten, dass Sie länger in Portofino bleiben werden?«

»Ich denke schon.«

»Das freut mich zu hören«, erklärte er. »Sagen Sie, gibt es jemanden in Ihrem Leben? Sind Sie verheiratet oder verlobt?«

»Sie sind ganz schon neugierig, aber nein, auf mich wartet niemand in Deutschland. Vielleicht fällt es mir daher so leicht, erst einmal hierzubleiben.«

Abrupt blieb Franco stehen und blickte sie erstaunt an. »Sie bleiben also. Das finde ich sehr interessant. Woran das wohl liegen mag?«

»Entschuldigung! Bevor du jetzt deinen ganzen Charme versprühst, würde ich auch gerne mal mit Mathilda tanzen.« Luca war zu ihnen getreten und sah auf Franco hinunter, der gut einen Kopf kleiner war, obwohl beide Mathilda mit ihrer Größe überragten.

Francos Gesicht überzog ein wissendes Lächeln. »Aber klar doch, ich komme dir nicht in die Quere, Bruder.« Er übergab Mathilda in Lucas Arme.

»Hat er versucht, dich anzumachen?«, fragte Luca sofort.

»Nein«, winkte Mathilda ab, »er war sehr zuvorkommend. Ich habe ihm erzählt, dass ich länger als gedacht in Portofino bleiben werde.«

»Aha.« Luca schien nicht ganz überzeugt.

»Was ist das zwischen dir und Franco?«, wollte sie wissen und beobachtete ihn genau.

»Nichts, gar nichts«, sagte er und zog sie näher zu sich, während Umberto Tozzi von Seeleuten sang, die die Sehnsucht trieb.

Mathilda fühlte sich wohl in Lucas Armen. Viel zu wohl. Er roch so gut und seine Körperwärme gaben ihr ein gutes Gefühl. Sie hätte endlos so weitertanzen können, doch auch das schönste Lied ging einmal zu Ende.

Luca bezahlte die Rechnung und Franco lud sie noch auf einen letzten Grappa ein.

»Oh nein, ich werde total betrunken das Lokal verlassen«, stöhnte Mathilda auf, trank aber mit.

»Wir sollten einmal zusammen kochen, Mathilda«, rief Franco, als sie sich auf den Weg zur Tür machten.

»Sehr gerne, eines meiner liebsten Hobbys«, rief sie. Hatte sie das vielleicht schon erwähnt?

»Dann sehen wir uns in den nächsten Tagen.« Franco ließ es sich nicht nehmen und gab ihr einen kleinen Kuss auf die Wange, was ihm einen bösen Blick von Luca einbrachte. »Grüß meine Schwester von mir«, sagte Franco grinsend und klopfte Luca auf die Schulter, dann schloss er hinter ihnen das Lokal ab.

Kapitel 6

Luca konnte es gar nicht abwarten, dass sie endlich das Restaurant verließen. Franco war gefährlich, so viel stand fest, denn er hatte ein Auge auf Mathilda geworfen, offensichtlicher ging es ja wohl nicht. Allein, wie er mit ihr getanzt hatte. Das war vollkommen absurd. Warum machte er sich eigentlich Gedanken darüber? Schließlich war er, Luca, verlobt. Es sollte ihm eigentlich egal sein, mit wem Franco flirtete oder wem Mathilda den Kopf verdrehte. Wie gesagt, eigentlich.

»Huch! Ich glaube, ich bin ein wenig betrunken. Die Straße ist so uneben.« Sie lachte und zog einfach ihre Schuhe aus.

»Was machst du?«, fragte er verblüfft und sah ihr dabei zu.

»Ich breche mir sonst noch den Hals.« Sie schaute ihn an und begann zu kichern.

»Das müssen wir natürlich verhindern.« Er trat einen Schritt auf sie zu. »Gut festhalten«, rief er und warf sich Mathilda einfach über die Schulter.

»Ahhhh! Hilfe!«, rief sie und hielt sich an seinem Jackett fest. »Lass mich nicht fallen!«

»Auf keinen Fall«, lachte Luca und lief los. Er war in guter Verfassung, ging regelmäßig ins Fitnessstudio und joggte am

Wochenende. Mathilda war leicht wie eine Feder. Als sie an der Via Duca degli Abruzzi ankamen, war er kaum aus der Puste. Er stellte sie auf die Füße. »Halt dich an der Hauswand fest, damit du nicht umfällst.« In der Hosentasche suchte er nach dem Haustürschlüssel.

»Mir ist ganz schwindelig«, stöhnte sie auf. »Ist es nicht eine wunderschöne Nacht, Luca? Die Sterne, sie drehen sich.«

Er blickte in den Himmel. »Nein, sie drehen sich nicht.« Mit einer Hand hielt er Mathilda an der Hüfte fest, weil sie beinah umgekippt wäre. »Du verträgst wirklich keinen Alkohol«, stellte er fest und lachte leise.

»Sag ich doch.« Seit sie an der frischen Luft waren, wirkte sie wirklich betrunken.

Mathilda kicherte und wusste vermutlich selbst gar nicht worüber. Endlich hatte er die Tür geöffnet und führte sie in den Flur. »Wo ist mein Zimmer?«, fragte sie verwirrt.

»Warte. Ich helfe dir.« Er nahm sie nun auf die Arme und trug sie die Treppe in das Obergeschoss hinauf.

»Du riechst so gut«, murmelte sie und legte ihren Kopf an seine Brust.

»Ist das so?« Er lachte. Sie fühlte sich so gut in seinen Armen an, dass er sie am liebsten gar nicht mehr loslassen wollte. Er hatte es schon bei ihrem Tanz gespürt, durfte die Gefühle jedoch nicht zulassen. Das würde nur zu Komplikationen führen und sein Leben war schon kompliziert genug.

»Mhm, ich möchte hier schlafen«, murmelte sie.

»Wo hier?«

»Hier in deinen Armen.« Sie hatte die Augen geschlossen und Luca war sich sicher, dass sie sich morgen an nichts mehr würde erinnern können.

»Ja, das wäre ein Versuch wert«, murmelte Luca, während er sie absetzte und den Reißverschluss ihres Kleides herunterzog. Dann zog er sie bis auf die Unterwäsche aus. Sie trug dunkelrote Dessous und Luca bekam fast Schnappatmung, versuchte, nicht richtig hinzusehen, damit sein Kopfkino erst gar nicht ansprang. Doch das war ein Ding der Unmöglichkeit. Vermutlich würde er die halbe Nacht wach liegen und Visionen haben, was alles hätte passieren können, wenn er nicht gebunden wäre.

Er deckte sie zu und drückte ihr einen kleinen Kuss auf die Stirn. »Schlaf gut, Principessa«, flüsterte er und löschte das Licht, bevor er die Tür schloss.

Am nächsten Morgen dröhnte Mathilda der Schädel, als wollte er platzen. Am liebsten wäre sie für immer im Bett liegen geblieben. Das Letzte woran sie sich erinnern konnte, war, dass sie ihre Schuhe ausgezogen hatte und barfuß nach Hause laufen wollte. Was danach geschehen war, hatte sie nicht mehr mitbekommen. Warum hatte sie nur diesen Grappa getrunken? Sie wusste doch, dass sie keinen Alkohol vertrug. Mehr als ein Glas Wein war zu viel. Wenn sie nicht laute Stimmen aus dem Erdgeschoss gehört hätte, wäre tot stellen eine gute Alternative gewesen. Aber so schnappte sie ihren Morgenmantel, band den Gürtel fest und lief in die Küche. Dort hörte sie laute Stimmen, die Italienisch sprachen.

»Du hast gesagt, dass du nach Hause kommst und dann höre ich von Franco, dass du mit einer Frau in diesem Haus wohnst!« Die weibliche Stimme überschlug sich fast.

»Seit wann sprichst du wieder mit Franco? Ich dachte, du findest deine Familie zum Fürchten? Sie ist dir doch nicht interessant genug, zu primitiv, wenn ich deine Worte richtig im Kopf habe.« Das war Luca.

Ohne lange darüber nachzudenken, spazierte Mathilda in die Küche.

»Buon giorno«, sagte sie laut und ging zum Küchenschrank, suchte nach einer Kaffeetasse. Luca hatte wohl gerade welchen gekocht, denn himmlischer Bohnenduft erfüllte den Raum.

»Ist sie das?«, rief die Frau aufgeregt. Sie war groß und schlank. Das schwarze Haar war zu einem langen modischen Bob geschnitten. Eine Sonnenbrille saß auf ihrem Kopf.

»Mathilda, das ist Aurora, Francos Schwester und meine Verlobte«, stellte Luca sie vor.

»In erster Linie bin ich doch wohl deine Verlobte«, giftete sie weiter.

»Aurora, das ist Mathilda Krämer.«

»Ich möchte, dass du diese Frau vor die Tür setzt«, verlangte Aurora im eisigen Ton.

»Wohl kaum, eher verlassen Sie mein Haus«, erwiderte Mathilda ungerührt und goss sich eine Tasse Kaffee ein, trank einen Schluck.

»Ihr Haus?«, keifte Aurora und blickte von einem zu anderen.

»Ja, genau. Das hier ist *mein* Haus und wenn Sie weiterhin die Zicke raushängen lassen, setze ich Sie vor die Tür.« Mathildas Ton stand dem von Aurora in nichts nach, die wie ein Fisch auf dem Trocknen den Mund öffnete und wieder schloss, ohne einen Laut von sich zu geben.

»Mathilda hat zusammen mit mir das Haus geerbt«, erklärte ihr Luca.

»Ihr werdet doch wohl das Haus verkaufen«, rief Aurora empört.

»Nein, werden wir nicht, aber ich wüsste nicht, was Sie das angeht.« Mathildas Stimme klang ruhig und beherrscht, während Aurora kurz davorstand, dieselbige zu verlieren.

»Aurora, bitte. Mach jetzt keinen Aufstand, ich habe hier in Portofino noch eines zu erledigen.« Luca rieb sich den Nacken, ihm schien die Lage überhaupt nicht zu behagen, in der er sich hier befand.

»Du wirst also nicht heute mit mir zurück nach Genua kommen?«

Er schüttelte den Kopf.

»Was ist mit deiner Arbeit bei meinem Vater?«, rief sie aufgebracht.

»Ich arbeite nicht für, sondern mit deinem Vater. Du scheinst es immer noch nicht verstanden zu haben, dass wir Partner sind.« Er schüttelte den Kopf, als hätte er es mit einem trotzigen Kleinkind zu tun.

Aurora warf Mathilda erneut einen wütenden Blick zu, dann wandte sie sich an Luca. »Ich bestehe als deine Verlobte darauf, dass du mitkommst.« Wenn Blicke töten könnten, hätte er auf der Stelle tot umfallen müssen.

Als Luca nichts erwiderte, riss sie sich den Ring vom Finger und warf ihn nach Luca. Er prallte gegen seine breite Brust und kam dann klirrend auf den Fliesen zu liegen. »Hiermit löse ich unsere Verlobung. Einen Mann wie dich kann man nicht lieben. Ich finde in Genua hunderte, die besser zu mir passen. Versaure du nur hier in diesem Kaff und lebe dein armseliges Leben, du passt so gut zu dem Rest meiner Familie. Ciao, Luca.« Sie machte auf dem Absatz kehrt und ging zur Haustür. »Mach dir nicht die Mühe, deine Sachen abzuholen. Ich werde sie dir zukommen lassen.« Dann fiel die Haustür krachend ins Schloss, dass man Angst bekam, das Haus würde einstürzen.

Mathilda verbarg ihr Gesicht hinter der großen Kaffeetasse und sah verstohlen zu Luca. »Das tut mir leid.«

Mit der Hand fuhr er über sein Haar und atmete angespannt aus. »Das war schon lange überfällig. Wir haben einfach nicht zusammengepasst. Ich war nur zu bequem, um es zu beenden.« Er bückte sich, um den Ring aufzuheben, und warf ihn dann in den Abfalleimer.

»Was machst du denn da?«, rief Mathilda fassungslos und suchte in dem Eimer nach dem Ring.

»Lass das, er ist es nicht wert. Mir war wohl von Anfang an klar, dass es mit Aurora nicht gut gehen würde, und habe ihr einen Ring mit einem Glasstein gekauft. Er ist keine fünfzig Euro wert.«

»Was? Das kann ich nicht glauben. Du hast ihr ein Imitat untergeschoben?«, ungläubig schüttelte sie den Kopf, ließ aber von der Suche nach dem Ring ab.

Luca begann zu lachen. »Ja, das habe ich wirklich getan. Es war eigentlich Francos Idee. Er war der Meinung, sie würde den Unterschied ohnehin nicht erkennen und so wie es aussieht, hat er recht behalten. Es war als Witz gedacht, doch nun wissen wir, dass Franco die richtige Eingebung hatte.«

Nun konnte auch Mathilda nicht mehr an sich halten und begann zu lachen. »Sie ist wirklich eine Furie. Der arme Mann, der sie irgendwann abbekommt.«

»Das werde zum Glück nicht ich sein«, meinte Luca und lachte nun befreit auf.

Kapitel 7

Luca hatte Mathilda eingeladen, mit nach Savona zu fahren, und sie hatte begeistert eingewilligt. Schnell machte sie sich fertig. Savona lag nordwestlich und die Fahrt würde etwas mehr als eine Stunde dauern.

»Nehmen wir meinen Wagen?«, fragte Mathilda, als sie im Wohnzimmer auf Luca traf, der dort auf sie gewartet hatte. Er war wohl schon in aller Früh aufgestanden, bevor diese Furie von Aurora über ihn hergefallen war.

»Nein, wir nehmen meinen, dann können wir offen fahren«, erklärte er und griff nach seinem Jackett und die Autoschlüssel.

Sein Wagen war ein schnittiges Zweisitzer-Cabrio. »Tolles Auto«, erklärte Mathilda und wartete, bis er ihr die Autotür öffnete und beim Einsteigen half. »Eines *meiner* Hobbys«, erklärte er grinsend.

Die Fahrt war angenehm. Die Sonne hielt sich heute etwas zurück, brannte nicht erbarmungslos, sondern es schoben sich ab und an Wolken davor und sorgten für angenehme Temperaturen. Die Landschaft war interessant und Luca erklärte ihr die Umgebung, an der sie vorbeirauschten.

»Es ist also jetzt dein Haus?«, fragte Luca mit einem Seitenblick.

»Unser Haus natürlich«, verbesserte Mathilda ihn schnell. »Aurora hat mich dermaßen aufgeregt, ich musste sie in ihre Schranken weisen«, rechtfertigte sie ihr Verhalten.

»Ich finde es gut, dass du das Erbe nun doch annehmen willst.«

»Ich handele im Sinne von Alfredo. Er hat es so gewollt und ich werde dem nicht widersprechen«, erklärte sie.

»Mir haben deine Ideen gestern sehr gefallen. Besonders der Teil, in dem wir die Oliven ernten, um unser eigenes Olivenöl herzustellen. Das finde ich so interessant, dass wir den Gedanken weiterverfolgen sollten.«

Mathilda lachte auf. »Ich habe null Ahnung, auf was wir uns da einlassen würden. Es war nur so ein Gedanke. Von Oliven weiß ich lediglich, wie man sie schmackhaft zubereitet.«

»Was man nicht kann, kann man lernen, war bisher immer meine Devise. Wir könnten jemanden fragen, der sich damit auskennt. Es gibt einige Ölproduzenten in der Gegend. Das dürfte ja kein Buch mit sieben Siegeln sein. Wir können die Bauern in den nächsten Tagen ja mal besuchen.«

Da hatte er natürlich recht, überlegte Mathilda. Es wäre wirklich ein Abenteuer. Aber sie konnte nicht ewig in Italien bleiben. Spätestens in zwei Monaten stand ein großer Auftrag auf dem Plan, um den sie sich wirklich gerissen hatte und unmöglich absagen konnte.

»Was ist los?«, wollte Luca wissen, dem das Schweigen Mathildas auffiel. »Mir hat der Abend gestern sehr gefallen.«

»Mir auch«, stimmte sie ihm sofort zu, dann fiel ihr jedoch wieder der Filmriss ein und sie wurde rot. »Habe ich gestern Nacht etwas Komisches gesagt oder getan?«, fragte sie zögerlich.

Ein Lächeln flutete Lucas Lippen. »Nein, wieso fragst du?« Er blickte sie kurz an.

»Weil ich mich nicht mehr richtig erinnern kann. Ich hatte einfach zu viel getrunken, weil ich ja nichts vertrage. Ich sollte die Finger vom Grappa lassen, so viel steht fest.« Das Lächeln auf Lucas Gesicht gefiel ihr überhaupt nicht, aber sie wollte nicht noch weiter bohren. »Hat Franco keine Frau oder Freundin?«, fragte sie stattdessen.

»Das ist keine erfreuliche Geschichte. Er hatte eine Frau, aber die hat sich seinem Vater zugewandt.«

»Was? Sein Vater hat ihm die Frau ausgespannt?«

Luca nickte. »So ist es. Deshalb lebt Francesco in Genua mit Sofia zusammen und Franco mit seiner Mutter weiterhin in Portofino. Die Eltern sind geschieden. Hinzu kommt, dass Francesco gar nicht der leibliche Vater von Franco ist. Seine Mutter hatte eine Affäre mit einem Touristen, kurz nachdem sie Francesco geheiratet hatte. Ich kann es ihr nicht verdenken, denn ihr Mann hat sie nie gut behandelt. Vielleicht verstehst du jetzt, warum ich nicht besonders traurig bin, dass Aurora die Verlobung gelöst hat. Du hast sie erlebt, sie ist ihrem Vater sehr ähnlich.«

»Aber du arbeitest noch mit ihm zusammen.«

»Eine geschäftliche Partnerschaft ist zum Glück keine Ehe. Es gibt nichts, was man nicht auflösen könnte.«

Da hatte er natürlich recht. Nichts hielt ewig, besonders nicht, wenn nur der Profit im Vordergrund stand.

Sie parkten etwas außerhalb von Savona und liefen zu Fuß zur Via Pia. Luca wollte ihr unbedingt die kleinen Gassen zeigen, in denen es außergewöhnliche Einrichtungsläden gab.

»Oh schau mal, was für wundervolle Stoffe es dort gibt«, war das Erste, worauf Mathilda ansprang. Sie betraten den

Laden und sie begann sofort eine lebhafte Unterhaltung auf Italienisch mit der Verkäuferin. Luca wartete in aller Ruhe ab. Zwar kaufte Mathilda nichts, aber es war ihr anzusehen, welche Freude es ihr machte.

»Wir könnten die Sofas in Alfredos Haus neu beziehen. Ich habe gesehen, dass die Möbel von guter Qualität sind. So etwas findet man heute kaum noch und wir sollten sie auf keinen Fall entsorgen, sondern weiternutzen, das ist auch ökologisch wertvoller«, erklärte sie und ihre Wangen schimmerten rosig.

»Aha, und warum möchtest du das Haus neu ausstaffieren? Ich frage nur so.«

Sie schlenderten die Altstadtgasse entlang, immer wieder blieb Mathilda an den Schaufenstern hängen. »Ich weiß nicht genau. Wir sollten einen Plan machen und uns am Ende für etwas entscheiden. Oder was meinst du?«, fragte sie und wirkte total aufgekratzt.

Am Hafenbecken aßen sie in einem Fischrestaurant zu Mittag. Hier konnte Luca das ständig summende Handy nicht weiter ignorieren und er nahm den elften Anruf endlich an.

»Goldovi«, meldete er sich mit tiefer Stimme und schenkte Mathilda einen entschuldigenden Blick. Sie saßen noch bei einem abschließenden Kaffee. »Nein, ich habe dich nicht ignoriert, ich bin beschäftigt und nein, ich habe die Verlobung mit deiner Tochter nicht gelöst, sondern sie hat es getan ... wenn sie das behauptet, dann lügt sie, ich habe sogar eine Zeugin dafür ... ja, ich habe mit einer Frau in Alfredos Haus übernachtet, aber in getrennten Zimmern, wenn es dich interessiert ... nein, ich habe nicht vor, deine Tochter zu heiraten ... Francesco, wenn du nicht vernünftig wirst, werde ich unsere Zusammenarbeit beenden.«

Er hielt das Handy von seinem Ohr, weil Francesco Vivaldi am anderen Ende so laut brüllte, dass sogar Mathilda überrascht aufsah.

»Francesco, bitte höre mir jetzt genau zu. Ich bin nicht auf dich angewiesen. Ich habe eine Menge Klienten mitgebracht und die werden mir folgen, wenn ich gehe ... wohin? Nach Portofino natürlich. Ich werde Alfredos Haus modernisieren und dort leben, wenn es sein muss und jetzt bin ich beschäftigt.« Damit beendete er das Gespräch.

»Mein Gott, was für eine Tragödie«, stöhnte er auf und trank einen Schluck.

»Shakespeare hätte seine wahre Freude daran«, murmelte Mathilda und sah ihn dann an.

Seine Mundwinkel zuckten, dann begann er zu lachen. »Du hast völlig recht. Wir Italiener lieben die komische Oper.« Er ergriff ihre Hand und drückte sie. Mathildas Haut fühlte sich so angenehm warm an und fast schon vertraut, dabei hatte er sie bisher kaum berührt.

»Du willst also in das Haus ziehen?«, fragte sie vorsichtig.

»Vielleicht. Lass uns erst darüber nachdenken, was wir mit dem Haus anfangen wollen. Hättest du etwas dagegen, wenn ich dort wohnen würde?«

Sie schüttelte den Kopf. »Nein, es ist dein Zuhause und es gibt mehr als genug Zimmer.«

»Ja schon, aber jetzt gehört die Hälfte dir. Wie wäre es, wenn du ebenfalls dort wohnen würdest?«, fragte er und bannte Mathildas überraschten Blick.

»Ich, also ... ich meine ich muss ja irgendwann zurück nach Deutschland«, sagte sie ein wenig verlegen.

»Musst du das?«, fragte er nach und seine Stimme klang extrem tief und sexy.

Verlegen blickte sie zur Seite und ihre Wangen nahmen wieder diese feine Röte an. Sie schluckte. »Sag mal, was für ein Anwalt bist du eigentlich?«, fragte sie statt einer Antwort.

Ein feines Lächeln zog sich über Lucas Lippen. »Scheidungsanwalt.«

Kapitel 8

Wieder in Portofino angekommen, setzten sie sich in den Garten und sammelten Ideen. Mathildas Blick ging immer wieder zu den Olivenbäumen, die eine wahre Faszination auf sie ausübten. »Was hat Alfredo mit all den Oliven angestellt?«, fragte sie nachdenklich und kaute auf dem Ende ihres Bleistifts herum.

»Er hat das meiste an die Menschen in der Gegend verschenkt. Warum fragst du?« Luca sah von dem Laptop auf.

»Ich habe gelesen, dass ein Olivenbaum circa fünfzig bis siebzig Kilo Oliven trägt, das sind im Durchschnitt acht Liter Olivenöl. Ich meine, wir haben hier bestimmt fünfzig Olivenbäume.«

»Fünfundsiebzig«, verbesserte Luca sie.

»Das wären ja um die sechshundert Liter. Die könnte man über eine Homepage verkaufen oder hier an die Restaurants im Umkreis.«

Luca nickte. »Du bist sehr geschäftstüchtig, das mag ich an dir.«

Mathilda winkte ab. »Das ist nichts Besonderes. Ich gehe manchmal sogar zu verbissen an die Sache ran.«

»Nein, das finde ich nicht. Mir gefällt das. Die Villa hat acht Zimmer, dazu noch das Schlafzimmer und mein altes Zimmer. Wenn wir diese beiden Räume unter uns aufteilen, könnten wir acht Gästezimmer einrichten, die wir vermieten können.«

Mathilda bekam große Augen. »Du willst eine kleine Pension aus dem Haus machen?«

»Ja, wir bieten die Zimmer mit Frühstück an. Portofino ist ein Hotspot. So lange die Reichen und Schönen diesen Ort in den Sommermonaten besuchen, wird es uns an Gästen nicht fehlen. Was meinst du?«

»Du willst also, dass wir beide eine geschäftliche Beziehung eingehen?« Mathilda legte den Bleistift zur Seite und sah Luca eindringlich an. Dieser erhob sich und verschwand ins Haus.

Kurze Zeit später kam er mit zwei Gläsern und einer Flasche Wein zurück. »Lass uns das mit einem Glas Wein besiegeln.«

Der Gedanke war wirklich verführerisch. Entspannt lehnte sich Mathilda in ihrem Stuhl zurück. »Aber was machen wir, wenn die Saison vorbei ist?«

»Ich werde hier in Portofino weiter als Rechtsanwalt arbeiten. Etwas weiter östlich gibt es ein kleines Grundstück, das separat eingezäunt ist und ich weiß, dass es einen Käufer dafür gibt. Der Verkauf kann uns die Grundlage für die Modernisierung bieten«, erklärte er und goss die Gläser ein.

»Aber ich habe mein Leben in Frankfurt.«

»Was wäre, wenn du ein neues Leben in Portofino beginnst?«

»Einfach so?«, fragte sie nach und nahm das Glas entgegen.

»Gibt es denn etwas, was dich dort hält? Denn, wenn nicht, dann könntest du ein neues Abenteuer hier in Italien beginnen. Ich habe mich auch dazu entschlossen, aus der Firma von Francesco auszusteigen. Es war irgendwie nie meins. Ich glaube, hier werde ich mich wesentlich wohler fühlen.«

»Du bist Italiener, ich hingegen würde meine Wurzeln kappen.«

»Du sprichst unsere Sprache hervorragend.«

»Luca, es hängt doch nicht allein an der Sprache. Ich habe eine Firma, mein Vater lebt dort, und er hasst Portofino, weiß Gott warum.«

»Hast du ihn einmal danach gefragt, was dahinter steckt?«

Mathilda nickte. »Ja, einmal, aber er hat sofort abgeblockt. Es geht mich auch nichts an. Ich kann ihn ja nicht zwingen, es mir zu erzählen.«

»Natürlich, da hast du recht. Aber ich denke, Frankfurt ist nicht aus der Welt. Wenn wir uns die Arbeit in der Pension teilen, könntest du auch in Frankfurt Termine wahrnehmen.« Er hatte sich im Stuhl neben ihr niedergelassen. »Bist du dabei? Willst du eine Partnerschaft mit mir? Also ich meine, möchtest du mit mir zusammenarbeiten?« Er sah sie ernst an.

»Oh Gott, es hört sich ja fast so an, als würdest du mich heiraten wollen.« Sie lachte verlegen.

»Das würdest du erkennen, Mathilda«, murmelte er und sah sie intensiv mit seinen dunkelbraunen Augen an.

Sie atmete tief ein. Dann stieß sie mit ihrem Glas gegen seines. »Okay, Luca Goldovi. Ich will deine Partnerin werden. Lass uns auf unbekannten Wegen wandeln, Mut beweisen und eine Frühstückspension in Portofino eröffnen.«

Ein Grinsen breitete sich auf Lucas Gesicht aus. »Porco dio! Wir sind Partner«, flüsterte er und drückte ihr einen kurzen, aber intensiven Kuss auf die Lippen. Dann sah er sie bewundernd an und trank einen Schluck. Verwirrt brauchte Mathilda einen Augenblick, dann trank auch sie und hoffte, dass sich diese Spontanität nicht irgendwann rächen würde.

Kapitel 9

Am nächsten Tag wollten sie ins Landesinnere, weil Luca eine Olivenmühle aufgetrieben hatte, die auch kleinere Lieferungen verarbeitete. Nach dem Frühstück fuhren sie los und Luca genoss es, Mathilda neben sich zu wissen. Sie trug ein weißes Kleid mit großen bunten Blumen, und hatte sich ein passendes Kopftuch umgebunden, damit ihre Haare nicht wild im Wind flogen. Sie trug wieder diesen roten Lippenstift, der ihre Lippen so unwiderstehlich aussehen und Luca wie gebannt auf ihre Lippen starren ließ, dabei sollte er sich auf den Verkehr konzentrieren.

Die Olivenmühle gehörte zu einem Weingut. Sie fuhren an den Hängen vorbei, die voll von Olivenbäumen und Weinstöcken waren. Der Winzer persönlich begrüßte sie. Er erinnerte sich an Luca, weil er ihn einmal bei einem Rechtsstreit beraten hatte. Sie wurden eingeladen, die Weinkellerei und die Mühle zu besichtigen.

»Seit Jahrhunderten hat sich das Verfahren, wie wir das Öl gewinnen, nicht verändert. Wir sind ein Familienbetrieb in der vierten Generation«, erklärte der Winzer stolz.

»Wie wird das Öl denn gewonnen?«, fragte Mathilda wissbegierig. »Bitte entschuldigen Sie meine Unwissenheit.«

»Sie brauchen sich nicht zu entschuldigen. Wir benutzen Pressen und Zentrifugen, dadurch werden die Schalen, Kerne und Kleinteile von dem Öl getrennt. Wichtig ist, dass Sie die Früchte direkt nach der Ernte zu uns transportieren, damit wir sie noch am gleichen Tag weiterverarbeiten können. Von wieviel Kilo sprechen wir?«, wollte Mattia Lorenzo wissen.

»Nun, das wird unsere erste Ernte sein, daher kann ich es nur grob umreißen, aber ich denke, es könnten insgesamt fünf Tonnen werden, maximal«, schätzte Luca und sah Mathilda fragend an, die nur die Schultern hob.

Mattia nickte. »Gut. Wir stellen nur kalt gepresstes Öl her, so bleiben die wertvollen Stoffe erhalten und wir erhalten die beste Qualität.«

»Das hört sich wunderbar an. Nicht wahr, Luca?« Mathilda war Feuer und Flamme.

»Wann rechnen Sie mit der ersten Ernte?« Mattia führte sie aus der Kellerei wieder ans Tageslicht.

»Ich denke, in einem Monat sind die Früchte reif, dann werden wir mit dem Pflücken beginnen,« schätzte Luca.

»Ernten Sie allein oder haben Sie Hilfe?«

»Ich denke, dass wir ein wenig Hilfe benötigen werden, aber wir kommen klar.«

»Sehr gut. Dann werden wir telefonieren, bevor Sie mit der Ernte beginnen, und wir halten die Kapazitäten frei.« Mattia reichte beiden die Hand. »Ich freue mich auf unsere Zusammenarbeit.«

»Die Freude liegt ganz auf unserer Seite«, erklärte Mathilda und lächelte Luca an.

Als er sie zu seinem Wagen führte, legte Luca den Arm um Mathildas Schultern. »Das Ölgeschäft scheint dich zu interessieren«, meinte er gut gelaunt.

»Ja, das tut es wirklich. Ich finde es faszinierend. Gutes Olivenöl ist so kostbar und bald werden wir unser eigenes besitzen, ist das nicht verrückt? Nein, nicht verrückt, es ist wundervoll und gleichzeitig unvorstellbar. Vor einer Woche war ich noch in Frankfurt und habe mich über eine Kundin geärgert, die einfach nicht zufriedenzustellen war und nun bin ich hier und fühle mich ... frei.« Sie streckte die Hände dem Himmel entgegen.

Luca sah sie an. »Weißt du eigentlich, wie wunderschön du bist, wenn du dich freust? Nein, warte. Nicht nur wenn du dich freust, du bist immer wunderschön«, sagte er mit seiner tiefen Stimme.

Mathilda wurde schon wieder rot, doch dann lachte sie. »Du hast mich noch nicht vor dem Aufstehen erlebt.«

»Das würde ich aber gerne«, erwiderte er ernst.

Sie waren an seinem Wagen angekommen und sahen sich an, plötzlich schüttelte Mathilda den Kopf. »Ich will dich nicht enttäuschen. Komm, lass uns fahren. Ich muss unbedingt meinen Vater anrufen und ihm von dieser total verrückten Idee erzählen.«

»Sorry, dass ich mich nicht eher gemeldet habe, Paul, aber es ist in den letzten Tagen so viel passiert. Dieses Erbe ist eine so große Verantwortung, du kannst es dir nicht vorstellen. Das Haus ist riesig, es hat allein acht Gästezimmer und ist mehr als zehn Millionen Euro wert.« Sie machte eine ausdrucksvolle Pause.

»Und du hast das Haus alleine geerbt?«, fragte Paul überrascht. »Ich muss zugeben, ich hatte mir schon Sorgen gemacht. Das ist ja unglaublich, herzlichen Glückwunsch, meine Kleine.«

»Mir geht es gut, mach dir keine Sorgen und nein, ich habe es zusammen mit Alfredos Enkel geerbt. Erinnerst du dich an Luca, den Jungen, der mich zum Segelboot brachte, nachdem ich Alfredos Leben gerettet hatte?«

»Du meinst den schlaksigen Jungen, dem fast die Augen ausgefallen sind?«

»Papa, hör auf, um dich zu beißen, sobald ich einen Mann erwähne.«

»Er hat dich mit den Augen aufgefressen.« Wenn ihr Vater wüsste, dass er sie mittlerweile geküsst hatte. Das würde sie lieber nicht erwähnen.

»Wir haben vor, eine Frühstückspension in diesem Haus zu eröffnen. Es ist so groß und der Garten so wundervoll. Du musst unbedingt herkommen und es dir ansehen. Wir haben eine Menge Olivenbäume und wollen unser eigenes Öl produzieren.« Sie war gar nicht mehr zu stoppen.

»Mathilda, du weißt, dass ich nicht nach Portofino komme. Die Menschen sind mir dort viel zu abgehoben.«

»Aber das stimmt doch gar nicht. Sag mir, was wirklich dahinter steckt, warum du Portofino meidest wie die Pest.«

Es folgte eine bedeutungsvolle Stille. Es sah nicht so aus, als würde ihr Vater darüber sprechen wollen. »Dann bleibst du also noch ein wenig dort?«, fragte er stattdessen.

»Ja, natürlich. Es gibt viel zu tun. Es ist so wundervoll hier. Das Wetter ist gut und wir wollen bald die Oliven ernten. Wir haben einen Winzer gefunden, mit dem wir zusammenarbeiten können.«

Paul atmete am anderen Ende tief aus. »Das hört sich ja an, als würdest du eine ganze Weile nicht nach Frankfurt kommen.«

»So ist es. Brauchst du mich denn? Ist etwas geschehen? Geht es dir gut?«

»Natürlich ist alles in Ordnung. Ich frage doch nur. Es ist

nun mal ungewöhnlich, dass du es länger als eine Woche in der Fremde aushältst.«

»So fremd ist es gar nicht hier. Ich habe schon einige Menschen kennengelernt. Mattia Lorenzo, den Weinbauer, Franco Vivaldi, den Koch und besten Freund von Luca, Alfredos Enkel.«

»Wen hast du kennengelernt?«, fragte ihr Vater besorgt nach.

»Mattia Lorenzo, er ist Winzer und wird unser Öl pressen.«

»Nein, den meine ich nicht.«

»Meinst du Franco Vivaldi? Er besitzt hier ein Restaurant und ist ein wundervoller Koch, er macht die besten Cannelloni, die ich in meinem Leben gegessen habe.«

»Ist er schon älter?«

»Ich denke so alt wie Luca, um die fünfunddreißig. Warum willst du das wissen, kennst du ihn?«

»Nein, natürlich nicht«, erklärte Paul schnell. »Wie lange wirst du denn noch in Italien bleiben?«

Mathilda atmete schwer aus. »Paul, ich kann es dir echt noch nicht sagen. Ich genieße das hier sehr und es fühlt sich wie Urlaub an. Gönne mir doch noch einige Tage.«

»Natürlich, mein Kind. Nimm dir alle Zeit, die du brauchst.«

»Ich meine, man erbt ja nicht jeden Tag solch ein Anwesen. Ich melde mich wieder und würde mich freuen, wenn du es dir doch anders überlegst, und mich hier besuchen kommst.«

»Wir werden sehen, Kleines.« Damit verabschiedete er sich und ließ Mathilda seufzend zurück.

Kapitel 10

Mathilda fand Luca auf der Terrasse, wo er am Laptop arbeitete.

»Wollen wir heute Abend zu Franco gehen?«, fragte Luca, während er eine E-Mail absandte.

Sie ließ sich auf dem Zweisitzer neben ihm nieder und schüttelte den Kopf. »Nein, mir ist nicht nach Ausgehen. Wir haben doch heute auf dem Markt Gemüse gekauft, ich kann uns etwas kochen, wenn du magst.«

»Das hört sich gut an. Ich kann dir helfen«, bot er sich an.

»Musst du nicht arbeiten?«

Er hob den Kopf, sah sie an. »Nein, nicht mehr. Ich habe gerade die Vertragsauflösung an Francesco abgeschickt. Er wird einen riesen Aufstand machen, es wird nicht einfach, aber ab sofort bin ich frei.«

»Das ist toll«, sagte Mathilda leise und berührte mit den Fingerspitzen sein Kinn, auf dem die Bartstoppeln des Tages sprießten. Sie rieb darüber und erzeugte so ein Geräusch.

»Ich kann nicht fassen, was Alfredo doch für ein gerissener Fuchs war«, meinte er leise. »Ich bin mir ziemlich sicher, dass es seine Absicht war, dass wir uns hier wiederbegegnen sollten.«

»Hat er gewusst, dass du nicht glücklich bist?«

»Ja, ich denke schon. Er hatte feine Antennen, auch wenn er nicht darüber gesprochen hat.«

»Weißt du, dass du der erste Mann warst, in den ich mich verliebt hatte?« Sie lachte schüchtern.

»Ist das wahr?«, raunte er ihr zu und Mathilda nickte. »Ja, obwohl ich dich nur wenige Minuten gesehen hatte, habe ich monatelang von dir geträumt. Ich habe immer gehofft, dass mein Vater noch einmal mit mir hierher kommt, doch er hat es nie getan.«

»Er wird seine Gründe haben.«

Mathilda hob die Schultern. »Ja, das wird er. Komm, lass uns etwas Leckeres kochen.« Sie erhob sich, griff nach seiner Hand und führte ihn in die Küche.

»Also, wo fangen wir an?«, fragte Luca und schaute sich suchend um.

»Damit, dass wir überlegen, was wir überhaupt kochen wollen.«

Er stand nah vor ihr und blickte auf sie hinunter. »Ich kann im Moment nicht klar denken. Nicht, wenn du in meiner Nähe bist und ich dich eigentlich nur küssen will.«

»Darf ich fragen, was dich davon abhält?«

Tief atmete er ein. »Es könnte kompliziert werden. Was ist, wenn du es nicht möchtest und wir weiterhin dieses Projekt am Laufen haben?«

»Tja, die Frage kann ich dir nicht beantworten, das musst du dann wohl schon alleine herausfinden. Vielleicht sollten wir doch essen gehen.« Mathilda drehte sich um und verließ erhobenen Hauptes die Küche.

Weit kam sie nicht. Luca lief ihr hinterher und fing sie an der Treppe ins Obergeschoss ab.

»Hey, Cara, warte mal.« Er hielt sie an der Hand fest. Da sie auf der ersten Treppenstufe stand, waren sie fast gleich groß. »Ich habe nichts davon gesagt, dass ich nicht mutig genug bin.«

Er war ihr so nah und seine Augen glitzerten gefährlich. Für eine Sekunde blitzte etwas auf, das Mathilda zeigte, was wirklich in Luca steckte. Er war nicht nur der freundliche Mann, der jedem Konflikt aus dem Weg ging. Er war auch ein Mann, der für seine Ideen kämpfte, für das, was er liebte. Doch konnte sie so weit gehen, dass so etwas wie Liebe sich zwischen ihnen entwickelte? Sie wusste es nicht, doch ihr war klar, dass sie sich auf Luca einlassen musste, um es herauszufinden.

»Vielleicht bin ich nicht mutig genug«, wisperte sie, ihre Stimme schien zu versagen.

»Dann werde ich dir dabei helfen, dass du den Mut finden wirst, Mathilda. Es kann kein Zufall sein, dass wir hier wieder aufeinandergetroffen sind.«

»Nein, Alfredo hat dafür gesorgt.«

»Er hat den Grundstein gelegt, aber ich habe dich ausfindig gemacht. Glaube mir, es war gar nicht so einfach, weil ich nur deinen Namen hatte. Doch ich habe nicht aufgegeben, weil ich dich unbedingt finden wollte.«

»Warum?«, fragte Mathilda und sah ihm suchend ins Gesicht, als würde sie dort die Antwort auf ihre Frage finden.

»Weil ich gespürt habe, dass da etwas zwischen uns ist. Auch wenn wir uns kaum kennen, will ich wissen, was alles geschehen kann.«

»Aber du warst verlobt.«

»Was mich nicht davon abgehalten hat, immer wieder an dich zu denken, Cara.« Mit einer Hand strich er über ihre Wange, ließ sie dort liegen und Mathilda schmiegte ihr Gesicht an seine Haut und seufzte leise.

»Ich habe dich auch nicht vergessen können.«

Luca legte beide Hände an ihre Hüften und zog sie zu sich heran. »Du bist so eine verführerische Frau und ich konnte es kaum glauben, als du im Garten aufgetaucht bist, dass ich dich wirklich gefunden habe, es kam mir so vor, als hätten wir die Zeit zurückgedreht.« Seine Augen bekamen wieder dieses geheimnisvolle Funkeln, das Mathilda so sehr liebte. Kleine goldene Sprenkel wurden sichtbar, die sie wie Magie anzogen.

»Warum hast du dich von Aurora getrennt?«, wollte sie wissen, auch wenn seine Ex-Verlobte der letzte Mensch war, an den sie jetzt denken sollte.

»Weil ich erkannte habe, dass ich sie niemals so sehr begehren werde, wie ich dich begehre, cara mia.«

Seine Lippen waren ihren ganz nah und es bedurfte nur einer kleinen Bewegung, bis sie sich treffen und miteinander verschmelzen würden.

Der Anruf hatte ihn mehr mitgenommen, als er sich selbst eingestehen wollte. Paul saß auf dem Sofa in seinem Wohnzimmer, blickte in den Garten hinaus, wo gerade ein Regenguss über Frankfurt niederging. Seine Laune entsprach dem Wetter. Nicht nur, dass er sich ohne Mathilda einsam fühlte, jetzt blieb sie auch noch weitaus länger als erwartet in Italien. Natürlich war klar, dass sie sich um ihr Erbe kümmern musste, man erbte ja nicht einfach so mal ein Vermögen. Aber dass es ausgerechnet Portofino sein musste, gefiel ihm überhaupt nicht.

Er legte den Kopf in den Nacken und seufzte. Sobald er die Augen schloss, lief ein Film ab, an den er schon lange nicht mehr gedacht hatte, nicht denken wollte, weil es einfach zu weh tat. Es bereitete ihm körperliche Schmerzen, wenn er die Erinnerungen wie böse Geister hervorrief. Deshalb hielt er sie meistens versteckt, in der hintersten Ecke seines Herzens, jetzt brachen sie sich doch ihre Bahn.

Paul erhob sich und ging vor dem niedrigen Fernsehschrank in die Hocke, kramte darin, bis er fand, was er suchte. Ein Fotoalbum. Er schlug es auf. Portofino 1976 stand dort mit feinen klaren Buchstaben. Wie sehr sich seine Handschrift doch in den letzten Jahren verändert hatte. Auf der ersten Seite gab es ein Foto, das er von den Hängen aus gemacht hatte und den Blick aufs Meer zeigte. Die Farben hatten schon etwas an Leuchtkraft eingebüßt, wie es nun mal bei alten Polaroidfotos war. In seinen Erinnerungen stand ihm jedoch der Ausblick in seiner ganzen Farbenpracht vor Augen. Das Glitzern der Wellen, die weißen Segelboote, die bunten Fassaden der Häuser, für die Ligurien bekannt war. Alles war sofort wieder da, als wäre es gestern gewesen.

Kapitel 11

Portofino
Sommer 1976

»HEY, Paul! Komm mal her, man versteht mich nicht«, rief Johannes, eine unangezündete Zigarette wippte in seinem Mundwinkel hin und her.

»Mensch, warum fährst du mit nach Italien, wenn du kein Italienisch sprichst?«, maulte Paul und wandte seinen Blick von den Regalen ab. Er war auf der Suche nach einem Souvenir und es war gar nicht so einfach etwas zu finden, wenn man nicht wusste, wonach man suchte. »Was ist denn?«

»Ich will diese Tischdecke, aber ich habe keine Ahnung, was sie kostet.«

»Quanto costa la tovaglia?«, fragte Paul und blickte die Verkäuferin an.

Sie sagte etwas, doch Paul verstand es nicht, denn ihr Anblick verzauberte ihn. Ihre grünen Augen schienen ihm mitten ins Herz zu blicken.

»Nein, das ist zu teuer«, wehrte Johannes ab. »Ich werde meiner Mutter ein paar Ansichtskarten mitbringen, das muss reichen«, murmelte er und verließ den Andenkenladen.

Paul lächelte. »Scusi«, murmelte er entschuldigend. Die junge Frau hinter dem Tresen schenkte ihm ebenfalls ein Lächeln. »Sie sprechen unsere Sprache?«, fragte sie auf Italienisch.

»Sì«, bestätigte Paul, »Italienisch Leistungskurs.« Er grinste. »Ich suche ein Andenken für meine Mutter. Können Sie mir etwas empfehlen?«

Sie biss sich auf die Unterlippe. »Wie wäre es mit einem Teller? Man kann ihn an die Wand hängen, oder Obst darauf dekorieren.« Sie kam hinter dem Tresen hervor und zeigte ihre schönen schlanken Beine, die unter einem Minikleid hervorlugten.

»Wie ist Ihr Name?«, wollte Paul wissen und konnte seinen Blick von der zierlichen Person mit den langen schwarzen Haaren gar nicht abwenden.

»Ich heiße Caterina. Wie ist dein Name?«, fragte sie. Ihre offene Art, das Lächeln, zog ihn total in seinen Bann.

»Ich bin Paul Krämer und komme aus Frankfurt.«

»Frankfurt, aha«, wiederholte sie, mit starkem italienischem Akzent.

»Ja, genau. Frankfurt. Ähm, du lebst hier in Portofino?«

»Sì, ich lebe noch bei meinen Eltern. Ich habe die Schule gerade beendet und arbeite jetzt hier im Laden. Er gehört meiner Familie.«

»Caterina, das ist ein sehr schöner Name. Würdest du mit mir ausgehen, Caterina? Oder hast du einen Freund?«

»Nein, keinen Freund.« Sie schüttelte den Kopf zur Bestätigung.

»Da ist gut, dann kannst du ja mit mir ausgehen. Sagen wir um acht Uhr, heute Abend? Hier vor dem Laden?«

Sie nickte und lächelte wieder.

»Wunderbar. Ich freue mich.« Er wandte sich zur Tür.

»Was ist mit dem Geschenk?«, fragte sie und hielt Paul den Teller entgegen.

»Das hole ich morgen ab, packe ihn mir ein. Den mit der Aufschrift – Portofino.«

PAUL KONNTE ES GAR NICHT ABWARTEN, BIS ES ENDLICH Abend wurde. Er zog seine beste Hose an und die neuen Segelschuhe, die er sich gegönnt hatte, dazu ein weißes Polohemd. Johannes hatte sich am Nachmittag mit einigen Leuten getroffen und so viel getrunken, dass er bereits schlief. Zum Glück. Johannes war zwar sein bester Freund, doch heute Abend wollte er allein ausgehen und sich mit Caterina treffen. Sie war wunderschön und auch wenn er am nächsten Tag abreisen würde, so wollte er mehr über sie erfahren.

Obwohl er sich beeilte, kam er zehn Minuten zu spät. Anstatt dass Caterina auf ihn wartete, war der Platz vor dem Andenkengeschäft leer. Sie war nirgends zu sehen. War sie wieder gegangen, weil sie glaubte, er würde nicht kommen? Unruhig lief er vor dem Laden auf und ab, als er schnelle Schritte hörte, die die Treppe neben dem Gebäude herunter kamen.

»Hallo, Paul! Hier bin ich!«, rief Caterina und winkte ihm aufgeregt zu.

Sie trug ein orangefarbenes Kleid, dessen Saum mit weißen Blumen abgesetzt war. Dazu einen weißen Gürtel und Ballerinas. Eine breite Spange hielt das Haar am Hinterkopf zusammen, und es fiel ihr lang über die Schulter. Ihr Lächeln fand er als Kribbeln in seinem Bauch wieder. Sein Herz schlug so schnell, als wäre er gerannt. Sie verschlug ihm regelrecht den Atem.

»Caterina, du bist gekommen. Entschuldige, ich war zu spät.«

»Ich doch auch.« Sie lächelte liebreizend.

Paul ergriff ihre Hand und drückte einen Kuss darauf. »Was wollen wir machen? Möchtest du etwas trinken gehen?« Er sah ihr fragend in die Augen. Sie waren grün. Hellgrün. So eine Farbe hatte er noch nie gesehen.

»Komm mit«, sagte sie und nahm seine Hand, führte ihn die Straße entlang, die Richtung Meer zeigte. Langsam wurde die Musik der umliegenden Lokale immer leiser.

»Wo wollen wir hin?«, fragte Paul, bekam jedoch keine Antwort. Caterina lächelte ihn nur geheimnisvoll an.

Sie trug eine große Strandtasche bei sich und als sie kurze Zeit später einen Feldweg einschlugen, ahnte Paul, was Caterina vorhatte.

An einem verborgenen Hangstück breitete sie eine Picknickdecke aus und sie nahmen Platz. »Ich habe etwas zu essen mitgebracht. Meine Mutter ist eine tolle Köchin«, erklärte Caterina und holte eine dickverpackte Schüssel und zwei Gabeln hervor. Gemeinsam aßen sie die noch warme Pasta.

»Mein Gott, ist das gut«, stöhnte Paul genussvoll auf und sah das Leuchten auf Caterinas Gesicht.

»Wie lange bist du noch in Portofino?«, fragte sie leise und überließ den Rest des Essens ganz Paul.

»Ich fahre morgen Nachmittag nach Hause.«

»Morgen schon?«, rief sie enttäuscht.

»Ja, leider. Mein Studium beginnt am Montag, ich muss pünktlich zurück sein. Mit dem Auto bin ich eine Weile unterwegs.« Paul streckte sich auf der Decke aus.

»Das ist wirklich sehr schade«, murmelte Caterina und sah auf das Meer hinaus. Es war mittlerweile ganz dunkel.

»Komm, lass uns im Meer schwimmen.« Sie begann sich auszuziehen.

»Was machst du?«, fragte Paul verwirrt, und sah ihr dabei zu, wie sie die Schuhe und das Kleid auszog. Als sie ihre Unterwäsche abstreifte, schaute er verlegen zur Seite. Obwohl es dunkel war, spendete der Mond genug Licht.

»Na, komm schon, sei kein Frosch. Das Wasser ist herrlich.«

Das ließ Paul sich nicht zwei Mal sagen. Da Caterina komplett nackt losgelaufen war, zog auch er sich komplett aus und lief ins Wasser. Das Meer war noch warm von der Sonne des Tages und er schwamm zu Caterina.

»Ist es nicht wundervoll?«, rief sie ihm zu und wischte sich das Haar aus dem Gesicht.

»Ja, das ist es, weil ich das mit dir erlebe«, sagte Paul und zog sie an sich. Ihre Haut war so weich und Caterina war so anschmiegsam. Verflucht, warum musste er morgen schon wieder abreisen? Er wollte das nicht, doch er konnte sein Studium nicht einfach sausen lassen. Er hatte zu hart dafür arbeiten müssen. Sie schwammen eine Weile, neckten sich wie kleine Kinder.

»Dir ist doch kalt«, meinte Paul, und blickte auf ihre Lippen, die sich schon blau färbten.

»Ja, vielleicht. Ein wenig«, gab Caterina zu.

»Komm, lass uns wieder ans Ufer schwimmen.«

Gemeinsam schwammen sie zu der Stelle, an der sie ins Wasser gesprungen waren. Schnell breitete er die Decke über ihren Schultern aus, um sie zu wärmen. Er rückte ganz nah an Caterina heran, legte einen Arm um ihre Schultern und rieb sie sachte trocken. Sie war so zart und roch so gut nach Rosen.

»Wirst du wiederkommen?«, fragte sie und sah ihm tief in die Augen.

»Ja, ich komme wieder«, erklärte er sofort. Das war keine Frage. Er musste sie wiedersehen. »Ich werde dir schreiben. Gib mir deine Adresse und ich werde dir jeden Monat einen Brief schreiben«, versprach er, obwohl Schreiben nicht sein Ding war. Aber für Caterina würde er zum besten Briefeschreiber der Welt werden.

»Ich werde dir antworten«, sagte sie und kam seinen Lippen ganz nah. Ihr Blick wanderte zwischen seinen Augen und den Lippen hin und her, bis Paul sich ein Herz nahm und sie an sich zog und leidenschaftlich küsste. Sie schmeckte so süß, wie er erwartet hatte. Sanft drückte er sie in das Gras und schob sich über ihren Körper. Er hob den Kopf und schaute sie an.

»Hast du schon einmal mit einem Mann geschlafen?«, fragte er, sah sie intensiv an.

Langsam schüttelte Caterina den Kopf. »Nein, noch nicht. Ich bin erst siebzehn«, wisperte sie leise und streichelte sein Gesicht. »Aber ich möchte, dass du mich noch einmal küsst. Ich möchte mich an deine Küsse erinnern, bis ich dich wiedersehe.«

»Ich verspreche dir, dass deine Lippen meine Küsse niemals vergessen werden.«

Kapitel 12

Portofino
Herbst 2019

MATHILDA LAG in ihrem großen Bett, das einen schönen Blick auf den Sternenhimmel bot. Letztendlich hatten ihre Nerven versagt, und sie hatte sich auf dem Treppenabsatz umgedreht, und war in ihr Zimmer gelaufen.

Luca war ihr nicht gefolgt und nun lag sie seit einer Stunde hier und konnte keinen Schlaf finden. Ob diese Partnerschaft wirklich eine gute Idee war? In den wenigen Tagen, die sie hier in Portofino war, hatte sie ihr Herz an diesen Flecken Erde verloren. Oder doch eher an Luca?

Ein Geräusch an der Tür unterbrach ihre Gedanken. Im ersten Augenblick dachte sie, es wäre ein Tier, das die Kratzgeräusche verursachte, doch dann öffnete Luca mit dem Ellenbogen die Tür, weil er zwei Gläser Wein in den Händen trug. Er war nackt, bis auf ein paar enge Boxershorts, die er noch trug.

»Rück ein Stück«, bat er sie und setzte sich zu ihr auf das Bett. »Kannst du auch nicht schlafen?«

»Nein«, gab Mathilda zu und nahm ihm eines der Gläser ab.

»Ich dachte, ein Glas zum Einschlafen würde uns guttun.«

»Das wird mich bestimmt sofort umhauen, wo wir noch nichts gegessen haben«, erklärte sie und stieß mit ihm an. »Auf den Alkohol«, meinte sie ironisch.

»Nein, wir trinken auf eine aufregende Nacht«, verbesserte Luca sie und sah sie eindringlich an, dann trank er einen Schluck, ohne sie aus den Augen zu lassen.

Mathilda hatte sich leicht vorgebeugt und ihr hauchdünnes Oberteil war so durchsichtig, dass er auf ihre dunklen Brustwarzen starrte. Sie zogen sich unter seinen Blicken zusammen, als würde sie frieren. Der Anblick ließ ihn blinzeln. Er streckte die Hand aus, hielt sich aber dann doch zurück, als wolle er sie nicht verschrecken.

»Ist dir etwa kalt?«, fragte er daher.

»Ein wenig. Mein Pyjama ist wohl ein wenig zu dünn.«

»Nein, ich finde ihn genau richtig. Obwohl, wenn ich es mir richtig überlege, brauchst du ihn jetzt nicht mehr.« Er zog ihr den dünnen Stoff über den Kopf. Erst wollte sie protestieren, doch dann hielt sie still, beobachtete ihn nur.

»Bist du dir sicher, dass du es willst?«, fragte sie mit fester Stimme und sah ihm dabei zu, wie er aufstand und seine Boxershorts auszog, dann zu ihr ins Bett stieg.

»So sicher wie noch nie in meinem Leben«, erklärte er und zog sie in seine Arme. »Ich werde dich jetzt wärmen.«

Zum Glück hatte sie ihr Weinglas zwischenzeitlich auf dem Nachttisch abgestellt.

Sie rückte zur Seite, um Luca Platz zu machen, und er zog sie in seine Arme, bedeckte sie mit seinem warmen Körper und küsste sie innig.

»Du hast keine Vorstellung davon, wie lange ich in den letzten Nächten wach gelegen habe, und mir das hier gewünscht habe«, murmelte er an ihren Lippen.

Plötzlich war ihr gar nicht mehr kalt, sie zitterte aus einem anderen Grund. Seine Nähe und die Zärtlichkeit, mit der er sie praktisch überfiel, stellte etwas mit ihrem Körper an. Ihre Sinne übernahmen die Führung. Der Verstand setzte aus, sie fühlte und schmeckte nur noch. Das Blut rauschte durch ihre Adern, mit einer Schnelligkeit, dass ihr schwindelig wurde. Lucas Lippen erforschten ihre Haut an allen möglichen Stellen.

»Ahhh«, stöhnte sie auf, als er sich eine Spur von den Brüsten zu ihrer Mitte hinunter küsste. Seine Zunge umkreiste den Bauchnabel und neckte sie.

»Das ist verrückt, ich halte das nicht aus, Luca!«, stöhnte sie und wand sich.

Mit seinen starken Händen hielt er sie fest. »Ganz ruhig, beweg dich nicht«, gebot er und Mathilda gehorchte seinen Worten, weil die Empfindungen einfach zu schön waren, um das hier abzubrechen.

Mit ihren Händen fuhr sie über seine gebräunte Haut, die so angenehm warm war. Die feine Behaarung auf seiner Brust rieb aufreizend über ihre Brüste, reizte die kleinen Warzen, die ohnehin so empfindlich waren.

»Du bist wie eine Naturgewalt über mich hereingebrochen und ich habe nicht die Absicht, dich wieder gehenzulassen«, raunte er ihr ins Ohr und sie spürte seine Härte, die sie herausforderte und Mathilda ließ sich einfach fallen. Ihr war das *Danach* vollkommen egal, sie lebte nur für diesen Augenblick, der so viel versprach.

Sie verzehrte sich nach seinen Berührungen und ihr war klar, dass sie morgen eine andere sein würde. Luca küsste sie erneut, heftig und sie antwortete mit gleicher Heftigkeit. Er biss sanft in ihre Unterlippe, leckte dann darüber, um den Schmerz zu lindern.

»Ich will dich so sehr, Luca. Schon so lange, dass ich es kaum glauben kann, dass es endlich geschieht«, flüsterte sie und er blickte ihr lächelnd in die Augen. Mit den Fingern fuhr sie die kleinen Lachfältchen entlang. Er war so gut aussehend, so männlich und ihr Herz setzte jedes Mal einen Schlag aus, wenn sie ihn nur ansah. »Nimm mich endlich, bitte.«

»Gleich, mia cara, nur noch einen Moment.«, brummte er.

Luca stellte ihre Selbstbeherrschung auf eine harte Probe. Immer wieder neckte er ihre Spitzen, die sich ihm entgegen drückten.

Dann, endlich drang er in sie ein und Mathilda seufzte entspannt auf, als er ihren tiefsten Punkt erreichte. Seine Stöße waren hart und wurden von lautem Stöhnen begleitet. Er hüllte sie komplett mit seinem Körper ein, als verschmolzen sie zu einem. Etwas in ihr zog sich erwartungsvoll zusammen, schürte ein kleines Feuer, das sich schnell zu einem Flächenbrand ausbreitete.

Er blickte sie an, die Augen dunkel vor Begierde. Schnell fanden sie einen gemeinsamen Rhythmus. Ein weiteres Flehen lag auf ihren Lippen, doch sie hielt sich zurück, schloss die Augen, um diese Nähe noch länger zu genießen und hinauszuzögern. Doch dann, unerwartet, fegte ein gewaltiger Höhepunkt über sie hinweg. Unvermittelt kam ein Laut über ihre Lippen, der die ganze Kraft des Orgasmus widerspiegelte. Lucas durchtrainiertem Körper war es zu verdanken, dass er sie immer weitertrieb, bis auch er endlich die Erlösung fand. Mit Mathilda in seinen Armen ließ er sich auf den Rücken fallen, und versuchte zu Atem zu kommen, um diesen unbeschreiblichen Höhepunkt bis zum Ende zu genießen.

Mathilda regte sich in seinen Armen und wollte aufstehen. »Ich muss mal eben ins Bad.« Sie lächelte ihn entschuldigend an.

»Warte, ich will dich noch einen Augenblick ansehen«, bat Luca und strich ihr eine Haarsträhne hinter ein Ohr. Sie sah so wunderschön aus, wie eine Statue aus Porzellan. Fein, glatt, die kleine Nase, die glatte Stirn, das abgerundete Kinn. Ihre Haut fühlte sich wie Samt an. Das blonde lange Haar zerwühlt. »Du bist so wunderschön, wenn du kommst, es war wirklich ein Fest«, raunte er ihr zu und küsste sie liebevoll. Er wollte sie weiterhin festhalten, ließ es dann doch zu, dass sie sich aus seinen Armen wand. Er blickte ihr hinterher, wie ihre schlanke, nackte Gestalt das Zimmer verließ. Die war schlank, aber nicht dürr, wie es Aurora gewesen war.

Sobald sie wieder im Zimmer auftauchte, verschwand er ins Bad und kehrte so schnell wie möglich zurück.

Er zog Mathilda wieder in seine Arme, verschränkte ihre Finger miteinander.

»Ich habe es versucht«, sagte er leise. »Wirklich versucht, mich von dir fernzuhalten, unsere Beziehung auf eine berufliche Ebene zu heben, aber es war nicht möglich. Du ziehst mich an wie ein Magnet.«

Sie wandte ihm den Kopf zu und lächelte. »Ich bereue es nicht. Ich finde es schön und ja, auch ich fühle mich von dir angezogen. Ich würde sagen, es beruht auf Gegenseitigkeit und das ist doch eine gute Grundlage für einen beruflichen Start, findest du nicht?« Sie streichelte sein Kinn.

»Ich bin für klare Verhältnisse, Mathilda. Jetzt, wo ich ein freier Mann bin, da …«

»Keine Angst, ich will dir keine Fesseln anlegen, oder dich in etwas drängen, was du nicht willst. Ich werde nicht wie eine Klette an dir hängen«, fiel sie Luca ins Wort.

Schnell legte er ihr einen Finger auf die Lippen. »Pssst cara mia, hör mich doch erst einmal an. Du solltest keinen Mann unterbrechen, der dir eine Liebeserklärung machen will.«

Ihre Augen wurden groß.

»Ich möchte, dass das zwischen uns klar ist. Wir sind Partner, im geschäftlichen wie auch im privaten Leben. Ich habe mich in dich verliebt, vor vielen, vielen Jahren schon und ich will dich nicht wieder verlieren. Ich werde dich nicht sofort bitten, meine Frau zu werden, dafür ist es viel zu früh, aber ich will, dass jeder weiß, dass du zu mir gehörst.«

Mathilda schluckte hart. »Du meinst wegen Franco, weil er mit mir geflirtet hat?«

»Nein, ich meine es, weil du zu mir gehörst und ich zu dir, nur hat uns die Zeit getrennt. Ich möchte nicht, dass das nochmal geschieht. Du bist mein und ich will, dass die ganze Welt weiß, dass ich dich liebe.«

Sie sah ihn nachdenklich an, dann lächelte sie. »Du bist so verdammt gut aussehend, ich werde alle Hände voll zu tun haben, die hübschen Touristinnen von dir fernzuhalten. Ich liebe dich auch, nur fürs Protokoll, und träume jede Nacht von dir.« Sie zog seinen Kopf zu sich und küsste ihn herausfordernd.

Mathildas Handy unterbrach die intime Stimmung.

»Wer kann das denn sein?«, fragte Luca überrascht.

»Ich habe keine Ahnung. Es ist schon fast zwei Uhr.« Sie erhob sich und nahm das Handy vom Tisch.

»Mathilda Krämer«, meldete sie sich. »Ja, das bin ich«, sagte sie auf Deutsch. »Was? Wie geht es ihm? Wann? In welcher Klinik? Ich bin in Italien, aber ich mache mich sofort auf den Weg. Es wird einige Zeit dauern, bis in Frankfurt ankomme. Sagen Sie ihm, dass ich sobald wie möglich bei ihm bin.« Sie beendete das Gespräch mit zitternden Händen und blickte Luca ernst an.

»Was ist geschehen?« Luca erhob sich und zog schnell seine Boxershorts über.

»Mein Vater! Er wurde ins Krankenhaus eingeliefert! Ich muss sofort zurück.« Sie sah sich hektisch um. Ihre Hände zitterten so sehr, dass sie fast das Handy fallen ließ. Für einen Augenblick schloss sie die Lider, schien ein kleines Gebet auszustoßen.

»Soll ich dich begleiten?«

»Nein, danke, das ist sehr lieb von dir, aber du musst hier eigene Dinge regeln. Ich komme klar. Sobald ich kann, komme ich zurück.« Sie sah ihm in die Augen und er hoffte, dass sie ihr Wort halten konnte.

Kapitel 13

Frankfurt
Herbst 2019

Luca hatte es sich nicht nehmen lassen, Mathilda zumindest zum Flughafen zu fahren. Sie nahm eine Nachtmaschine und kam gegen sechs Uhr morgens am Frankfurter Flughafen an. Mit einem Taxi fuhr sie sofort zur Klinik und wurde zur Intensivstation geschickt. Die ganze Zeit über, die der Flug und die Fahrt dauerten, betete sie, dass sie nicht zu spät kam. Warum geschah nur das Beste und das Schlimmste in ihrem Leben an ein- und demselben Tag?

»Guten Morgen, mein Name ist Mathilda Krämer, Sie haben mich angerufen, mein Vater liegt auf Ihrer Station«, erklärte sie einer Schwester, die ihr die Tür zur Intensiv geöffnet hatte. Sie musste klingeln, damit man sie hineinließ.

»Ah, Frau Krämer, wir haben miteinander telefoniert. Kommen Sie mit, ich zeige Ihnen, wo Ihr Vater liegt.«

»Wie geht es ihm?«, fragte Mathilda hektisch, deren Herz bis zum Hals schlug.

»Das wird er Ihnen selbst sagen können.« Die Schwester lächelte sie milde an und öffnete eine Tür, um Mathilda einzulassen.

»Papa!«, sagte sie leise, als sie ihren Vater in dem Bett liegen sah. Er war an einigen Monitoren angeschlossen, hatte einen Zugang im Handrücken und sah sehr blass aus. Seine Augen waren geöffnet und er lächelte, als er Mathilda erkannte.

»Mein Mädchen. Was machst du hier? Wenn ich gewusst hätte, dass ein Zusammenbruch dich nach Deutschland holt …«

Mathilda küsste seine Wange und zog sich einen Stuhl ans Bett. »Sag so etwas nicht«, bat sie streng. »Was ist passiert und wie geht es dir?«, stellte sie die beiden wichtigsten Fragen.

»Mir geht es gut, kein Grund zur Sorge. Ich bin nur zusammengebrochen. Die Ärzte nennen es Überarbeitung.«

»Ich habe es dir gesagt. Du hättest mich begleiten sollen.«

»Mach mir keine Vorwürfe, das ist nicht gut für mich«, beklagte sich Paul.

»Natürlich, bitte entschuldige. Es tut mir leid. Wann ist das denn geschehen?«

»Gestern, kurz bevor ich das Büro verlassen wollte. Zum Glück war meine Sekretärin noch da und hat einen Krankenwagen gerufen. Ich bin auf dem Weg zur Tür zusammengebrochen und habe mir den Hinterkopf angeschlagen. Der Kreislauf. Er wurde stabilisiert und ich muss nur noch einen Tag auf der Intensivstation zur Beobachtung bleiben. Es bestand also gar kein Grund, dass du sofort hierher kommst. Ich hatte die Schwester nur gebeten, dich zu informieren, damit du dir keine Sorgen machst, wenn du mich nicht erreichen kannst.« Er lehnte sich erschöpft zurück und schloss seine Augen. Das Sprechen strengte ihn an. Mathilda war sich nicht sicher, ob das wirklich hinter seinem Beweggrund stand. Hätte sie ihn nicht so lange alleine lassen sollen? Fühlte er sich eventuell einsam?

»Ich mache mir aber Sorgen, Paul, das weißt du. Ich werde darauf bestehen, dass du dich erholst, sobald du dieses Krankenhaus verlässt. Du wirst mit mir nach Portofino kommen, ob du willst oder nicht. Ich werde nicht mit dir darüber diskutieren. Ich will dich in meiner Nähe haben, damit ich mich um dich kümmern kann.« Mathildas Stimme ließ keinen Widerspruch zu, auch wenn es nicht klug war, mit einem Kranken zu diskutieren.

Paul verzog das Gesicht, als würde sie ihn mit fiesen Nadeln piesacken.

»Papa, bitte, versprich es mir. Komm mit nach Italien. Jetzt, im Herbst, ist das Klima sehr angenehm.«

Er hob den Kopf. »Das weiß ich, mein Kind. Ich werde es mir überlegen. Und jetzt erzähl mir etwas über die Villa, die du geerbt hast.«

»Nein, Papa. Das hat Zeit, du musst dich ausruhen.« Sie strich über die Wange ihres Vaters, dessen Haut ganz fahl war. Wenn Mathilda bisher nie Angst in ihrem Leben empfunden hatte, dann tat sie es in diesem Augenblick. Die Angst, einen geliebten Menschen zu verlieren, sorgte für einen fiesen Klumpen in ihrem Magen, auch wenn Paul das Ganze versuchte, herunterzuspielen. Sie kannte ihn gut genug und wusste sofort, wenn er nicht die ganze Wahrheit sagte.

»Dann erzähl mir etwas von Portofino. Hat es sich verändert? Oder sieht es noch so aus, wie damals, als ich mit Johannes dort war?«, flüsterte er mit geschlossenen Augen.

»Oh, das weiß ich gar nicht. Ich war ja noch gar nicht geboren, als du mit deinem Freund Johannes in Portofino warst. Du warst ja noch ein junger Mann.«

»Natürlich mein Kind, entschuldige, da habe ich etwas durcheinandergebracht.« Seine Stimme war dünn und er sprach ganz leise. Er war müde und Mathilda würde ihn schlafen lassen. Sie würde hier warten, bis er wieder aufwachte, und hoffte, dass es ihm dann wieder besser ging.

Kapitel 14

Portofino
Sommer 1983

PAUL TRAT AUF DEN BALKON, der zu dem Hotelzimmer gehörte und blickte auf das Mittelmeer hinaus. Es war kaum zu glauben, dass er sieben Jahre benötigt hatte, um nach Portofino zurückzukehren. Der Ort hatte sich kaum verändert. Noch immer hingen die Häuser in den Hängen wie reife Trauben, einige waren dazugekommen. Auch gab es mittlerweile mehr Hotels, als noch vor sieben Jahren. Ihm waren früher diese Details nicht aufgefallen. Vielleicht lag es daran, dass er es sich mittlerweile leisten konnte, in einem richtigen Hotel abzusteigen und nicht in einem VW T1 zu übernachten. Er lachte auf, als er an seinen Urlaub mit Johannes vor sieben Jahren dachte. Der VW Bus war auf der Rückfahrt verreckt und sie hatten ihre Reise mit der Bahn fortgesetzt. Es war eine schreckliche Fahrt gewesen, weil der Zug völlig überfüllt war. Es war heiß und schmutzig gewesen. Die Erinnerungen brachte ihn zu Johannes – er war ein guter Freund gewesen. Es schmerzte Paul immer noch sehr, dass er ein Jahr danach an Leukämie erkrankt und gestorben war. Es war alles sehr schnell gegangen. Sie hatten beide vorgehabt, Architektur zu studieren und wollten eine gemeinsame Firma gründen, doch der Tod hatte ihnen einen Strich durch die Rechnung gemacht. Die Firma gab es wohl, allerdings hatte Paul sie ganz allein gegründet. Nun war er wieder hier, ebenfalls allein und ihn interessierten nur zwei Fragen: Gab es das kleine Andenkengeschäft noch und arbeitete Caterina nach wie vor dort?

Sie hatte auf keinen seiner Briefe geantwortet und er hatte ihr eine Menge davon geschrieben. Im ersten Jahr jeden Monat einen, wie versprochen. Als er nie eine Antwort erhielt, schrieb er ihr im übernächsten Jahr noch vier weitere, doch niemals erhielt er auch nur ein Lebenszeichen. Er hoffte nicht, dass ihr etwas zugestoßen war. Aber nun war er hier und würde den Fragen auf den Grund gehen.

Am Abend machte er sich auf den Weg. Viel hatte sich nicht verändert. Auf der Via Roma reihten sich nach wie vor die Läden aneinander. Boutiquen, Eisdielen, Juweliere und natürlich Restaurants. Mittendrin fand Paul sofort das, was er sehnsüchtig suchte. Den kleinen Andenkenladen, in dem Caterina gearbeitet hatte.

Die Auslagen im Schaufenster schienen die gleichen zu sein, zumindest hatte er sie so in Erinnerung. Neben den bedruckten T-Shirts gab es Schürzen, Tischdecken und die unverzichtbaren Ansichtskarten. Mittlerweile auch Zeitungen, Bücher und Bustickets, wie er auf einem Schild lesen konnte. Der Laden war gut besucht. Drei Frauen einer englischen

Reisegruppe diskutierten darüber, welche Tasse wohl die Schönste war. Ein älterer Mann kaufte gerade Zigaretten.

»Eine Packung Lucky Strike, per favore«, sagte Luca und blickte in das Gesicht einer erwachsenen Caterina.

Sie nickte, hielt dann in der Bewegung inne, als sie Paul erkannte. Für einen kurzen Augenblick verlor sie die Fassung, fasste sich an den Hals und murmelte: »Per Dio!«

»Buona sera, Caterina«, sagte Paul und lächelte, froh zu sehen, dass sie am Leben war.

»Paul! Ich kann es nicht fassen. Was machst du hier?« Sie sah zu ihm auf, Unglauben im Gesicht.

»Urlaub«, war das Einzige, was er über die Lippen brachte.

»Ich kann es nicht glauben, dass du hier vor mir stehst, nach all den Jahren.«

Eine Touristin, die ein Andenken bezahlen wollte, funkelte ihn böse an, weil er den Verkehr aufhielt.

»Die Zigaretten, bitte. Wann hast du Feierabend?«

Caterina griff hinter sich nach einer Packung Lucky Strike, nahm das Geld entgegen und suchte das Wechselgeld heraus. Ihr Blick ging zu der älteren Frau, die am anderen Ende bediente. »Um neun Uhr vor dem Museo del Parco«, flüsterte sie ihm zu.

Paul nickte, nahm die Zigarettenpackung und verabschiedete sich. Vor der Tür blickte er auf seine Uhr. Zwei Stunden musste er warten, bis er endlich Antworten auf seine Fragen bekommen würde. Das Museo del Parco war ein Freilichtmuseum mit diversen Skulpturen und einer malerischen Aussicht. Paul setzte sich am Hafen in ein Café, bestellte sich eine Kleinigkeit zu essen und hoffte, dass die Zeit schnell umgehen würde.

Kapitel 15

Frankfurt
Herbst 2019

Nachdem Paul wieder eingeschlafen war, hatte Mathilda mit dem verantwortlichen Oberarzt gesprochen. Er spielte den Zusammenbruch ihres Vaters keineswegs so herunter, wie Paul es tat. Er müsse sich in den nächsten Monaten ausruhen, nach diesem kleinen Schlaganfall. Dieser Satz versetzte Mathilda in helle Aufregung. Schlaganfall! Das Wort allein machte ihr große Angst. Paul müsse wesentlich kürzer treten und ab sofort ein Medikament einnehmen, um seinen Bluthochdruck in den Griff zu bekommen.

Nachdem sie noch einmal nach Paul gesehen hatte, fuhr sie nach Hause, um frische Sachen für ihn zu holen und selbst ein wenig zu schlafen, denn davon hatte sie in der letzten Nacht nicht viel abbekommen. Sie schrieb eine kurze Textnachricht an Luca und erhielt auch direkt eine Antwort.

Ich freue mich, dass es deinem Vater besser geht
Und ich vermisse dich! Luca

Während sie eine kleine Reisetasche packte und die wichtigsten Dinge für ihren Vater zusammensuchte, fiel ihr ein Fotoalbum auf, das mitten auf dem Tisch lag. Sie hatte es noch nie gesehen. Neugierig schlug sie die vergilbten Seiten auf und staunte nicht schlecht, als sie den Namen Portofino las. Es gab eine ganze Reihe von Bildern, auf denen ihr Vater zu sehen war. Er war jung, sehr jung. Wie alt mochte er da gewesen sein? 1976 – da war ihr Vater gerade mal neunzehn Jahr alt. Mein Gott, war das lange her. Er war sehr gut aussehend, wie jetzt auch noch, doch etwas lag in seinem Blick, etwas ... Unschuldiges. Sie blätterte weiter, sah eine Menge Landschaftsaufnahmen von Portofino. Das Fischerdorf hatte sich in all den Jahren kaum verändert. Obwohl die Bilder schon reichlich verblasst waren, war es doch eine schöne Erinnerung. Keine Ahnung, warum ihr Vater sich so standhaft weigerte, wieder dorthin zu reisen. Als sie die nächste Seite aufschlug, gab es einen Zeitsprung. Diese Bilder waren von besserer Qualität. Sie waren wohl jüngeren Datums. Auf den Fotos war ihr Vater auch älter. Es gab nur zwei, auf denen er zusehen war, und jedes Mal war auch eine Frau an seiner Seite. Eine Frau, die eindeutig nicht ihre Mutter war, denn die Frau hatte tiefschwarzes Haar. Sie lächelte glücklich. Sie sah ein wenig aus wie diese Aurora, Lucas Ex-Verlobte, doch das konnte ja nicht sein. Ihr Vater sah auf beiden Bildern sehr verliebt aus.

Vorsichtig löste Mathilda eines der Bilder aus dem Album und drehte es um. *Caterina 1983* – war dort vermerkt. 1983. Ihre Eltern hatten sich erst 1987 kennengelernt, zwei Jahre später war Mathilda zur Welt gekommen. Damals kannte Paul also ihre Mutter noch gar nicht. Doch wer war diese andere Frau? War Caterina der Grund, warum er Portofino mied? Sie sah zumindest wie eine Italienerin aus. Aus einem Impuls heraus steckte Mathilda das Foto in ihre Handtasche. Sie würde ihren Vater danach fragen müssen, aber erst, wenn es ihm wieder besser ging, denn im Augenblick durfte er sich nicht aufregen und Mathilda vermutete, dass das Thema Portofino sehr heikel war und sie wollte kein Risiko eingehen.

Anschließend packte sie einen Koffer für sich selbst. So wie es aussah, würde Portofino bald ihre neue Heimat werden. Nach und nach würde sie ihre privaten Dinge nach Italien schaffen. Aber auch wenn sie noch nicht bereit war, Frankfurt ganz den Rücken zu kehren, gab es doch Dinge, die sie täglich benötigte. Ebenso ihre Arbeitsunterlagen, wenn sie die Villa umgestalten wollte. Auf ihre Stoff- und Farbmuster konnte sie nicht verzichten. Diesmal packte sie auch ihren Laptop ein, denn der war für ihre Arbeit unverzichtbar.

Als ihr Blick auf die Uhr fiel, war es schon Mittag. Es war höchste Zeit, dass sie ins Krankenhaus kam. Paul würde bestimmt aufgewacht sein und sie wollte nicht, dass er sich langweilte. Langeweile brachte Menschen dazu nachzudenken, und sie wollte nicht, dass Paul sich zu viele Gedanken machte.

Paul war gerade mit dem Mittagessen fertig, als Mathilda sein Krankenzimmer betrat.

»Hast du gut geschlafen?«, fragte sie und setzte sich zu ihm an Bett. »Ich habe dir frische Kleidung und Handtücher mitgebracht.« Er sah schon viel besser aus, seine Wangen hatten wieder Farbe bekommen.

»Danke, mein Kind. Der Arzt ist der Meinung, dass ich übermorgen nach Hause kann.«

»So schnell schon? Werden denn nicht noch irgendwelche Tests gemacht?« Mathilda konnte gar nicht glauben, was sie da hörte.

»Ich habe darum gebeten«, gab Paul zu. Sie runzelte die Stirn und atmete schwer aus, als hätte sie es mit einem Kind zu tun, das nicht hören wollte. »Paul, du weißt, wie unvernünftig das ist?«

Er sah sie nur ausdruckslos an. Okay, sie kannte diesen Blick, es war mit ihm in dieser Stimmung nicht zu reden.

»Wer ist eigentlich Caterina?«, fragte sie stattdessen. Warf den Namen einfach so in den Raum.

Ihr Vater reagiert anders als erwartet. Er stritt es weder ab, den Namen zu kennen, noch fragte er, woher sie von Caterina wusste. Stattdessen wich er ihrem Blick aus, indem er einfach die Augen schloss.

Davon ließ sich Mathilda jedoch nicht beeindrucken. Sie wartete in Ruhe ab, bis er sie wieder öffnete. »Wenn du übermorgen dieses Krankenhaus verlässt, werden wir nach Portofino fahren. Ich werde dich nicht allein hier in Frankfurt lassen, wo du ohnehin nur arbeiten würdest. Du hast genug Angestellte, die sich um alles kümmern können. Ich will, dass du dich ausruhst, und Portofino ist genau der richtige Ort dafür.«

»Glaubst du?«, brummte Paul, widersprach aber nicht. Das war doch schon mal ein Teilerfolg.

Nach weiteren Minuten des Schweigens räusperte sich Paul. »Caterina war eine Frau, die ich 1976 in Portofino kennengelernt habe. Damals war ich noch sehr jung. Ich habe sie 1983 wiedergesehen.« Seine Stimme klang belegt und Mathilda beobachtete ihn genau. Es schien ihn zwar nicht aufzuregen, aber es bewegte ihn.

»Wir müssen nicht jetzt darüber sprechen, Papa. Wirst du

mit mir kommen?«, fragte sie vorsichtig. »Du bist alt genug und ich kann dich nicht zwingen, aber ich würde mich freuen, wenn du mit mir kommst und wenn du unbedingt eine Aufgabe haben möchtest, könntest du mir bei der Modernisierung der Villa behilflich sein.«

Kapitel 16

Portofino
Sommer 1983

Paul sah Caterina sofort, als sie auf ihn zukam. Vermutlich hätte er sie unter Tausenden erkannt. Die Art, wie sich ihre Hüften bewegten, der schwungvolle Gang, es war ihm vertraut, als wäre er nie fortgewesen.

»Paul«, sagte sie leise, als er nach ihrer Hand griff und an seine Lippen führte. »Ich kann mich nicht offen mit dir auf der Straße treffen«, flüsterte sie und sah sich hektisch um.

»Warum nicht, cara?«, fragte Paul überrascht.

»Wo wohnst du?«, wollte sie wissen.

»Hotel Piccolo. Zimmer 106«, erklärte er.

»Gut. Dann geh und ich werde in einer Viertelstunde nachkommen.«

»Lass uns ein gemeinsames Foto machen«. Paul zückte einen Fotoapparat und hielt die Kamera so, dass er eine

Aufnahme von Caterina und sich machen konnte. »Warte, noch eines, wenn das erste nichts geworden ist.«

»Bitte geh jetzt. Wir sehen uns gleich.« Als würden sie sich nicht kennen, ging sie an ihm vorbei und drehte sich auch nicht mehr um.

Paul ging mit schnellen Schritten seinem Hotel entgegen, das in den Hügeln etwas verborgen lag. Auf seinem Zimmer öffnete er die Läden, um frische Luft in den Raum zu lassen. Der Tag war heiß gewesen, doch jetzt am Abend zogen dunkle Wolken auf. Es würde vermutlich bald regnen, hoffentlich schaffte Caterina es noch, trocken das Hotel zu erreichen.

Als es an der Tür klopfte, riss er sie fast im gleichen Moment auf. Dort stand sie. Seine Caterina. Er zog sie ins Zimmer, warf die Tür ins Schloss und küsste sie überschwänglich. Wie eine Ertrinkende klammerte Caterina sich an seinen Körper.

»Ich bin so glücklich, dass ich dich endlich in meinen Armen halte«, murmelte Paul an ihren Lippen und küsste sie erneut.

Er konnte kaum glauben, dass Caterina seine Zärtlichkeiten mit der gleichen Heftigkeit erwiderte. Sie stöhnte laut auf und als sie mit den Händen den Gürtel seiner Hose öffnete und den Reißverschluss hinunterzog, hob er den Kopf und sah sie fragend an.

»Stell keine Fragen, nicht jetzt, cuore mio.« Sie sah ihn flehend an und zog ihr T-Shirt über den Kopf, dann ihre Jeans aus, es folgte auch der Rest. In Sekunden stand sie nackt vor ihm und legte die Arme um seinen Nacken. »Liebe mich«, forderte sie an seinen Lippen.

Paul war fasziniert. Diese Frau in seinen Armen war so weich und fühlte sich an, als würde sie genau dorthin gehören. Schnell zog auch er den Rest seiner Kleidung aus und als er Caterina zu dem Bett führte, brach hinter dem Fenster ein lautes Gewitter los. Der Regen fiel in dicken Tropfen auf die Erde und brachte endlich Erlösung von der Hitze des Tages.

Mit gleicher Hingabe nahm Paul diese hinreißende Frau und machte sie zu seiner. Ohne lange zu zögern, drang er in sie ein, nahm ihren Körper in Besitz und zeigte ihr, wie sehr er sie vermisst hatte. Vergessen waren alle Fragen, die er hatte stellen wollen, die ihn um seine Nächte gebracht hatten. Laut stöhnte Caterina, rief seinen Namen, bedachte ihn mit Kosenamen jeglicher Art. Sie war wild, sie war frei und gab ihm alles, was er von ihr verlangte. Paul vergrub seine Hände in ihrem schwarzen Haar, das in Wellen über ihre Schultern fiel, zog ihren Kopf nach hinten, um ihren Hals wild zu küssen.

Caterina hob ihre Hüften an und Paul setzte sich auf, zog sie auf seinen Schoß, ohne aus ihr herauszugleiten. »Liebe mich«, rief sie laut.

»Das tue ich, cara, mit jeder Faser meines Herzens«, knurrte Paul.

Mit heißblütigem Blick sah Caterina auf ihn herunter und begann sich langsam zu bewegen. Sie ritt ihn immer heftiger, hielt sich an seinen breiten Schultern fest.

»Lass mich vergessen, Paul! Bitte!«, rief sie und wurde doch von dem Gewitter, das draußen tobte, übertönt.

Sie sah ihn so voller Gier und Geilheit an, dass er nicht anders konnte. Er packte ihre Hüften, drehte sie auf den Bauch und zog sie auf die Knie. Sein Verlangen nach dieser Frau nahm ungeahnte Formen an. Kraftvoll nahm er sie und stieß von hinten in sie ein.

»Ja! Ja, mach weiter! Bitte, Paul!«, rief sie und ihre Stimme überschlug sich fast.

Er würde alles tun, was diese Frau von ihm wollte. Alles. Wie er ihre gebräunte Haut liebte, die genau wie der Sommerregen duftete, dessen Bouquet zum Fenster hereinströmte.

»Paul! Jetzt!«, rief Caterina und sie schrie auf, als sie kam.

Auch Paul stand kurz davor, pumpte noch zwei Mal ganz tief in sie hinein und kam mit einem markerschütternden Schrei. Er rief immer wieder ihren Namen, bis er keine Stimme mehr hatte. Dann brach er auf ihr zusammen, bedeckte sie mit seinem ganzen Körper. Als er sich dessen bewusst wurde, wollte er sich schnell von ihr erheben, doch sie hielt ihn auf. »Nein, bleib so. Ich will dich spüren, auf meinem ganzen Körper.«

»Ich bin viel zu schwer«, murmelte er.

»Nein, bist du nicht, ich liebe es, dich so nah zu fühlen. Ich will es so. Ich will mich immer an dieses Gefühl erinnern können.«

Kapitel 17

Portofino
Herbst 2019

»Wo HAST du diese hinreißende Signorina gelassen?«, fragte Franco, als er Luca an einem der Tisch entdeckte.

Luca hatte sich entschlossen, am Abend auswärts zu essen. Das Wetter war gut und er hatte einen Tisch vor dem Lokal ergattert. Franco ließ sich ihm gegenüber nieder.

»Mathilda? Sie musste nach Deutschland. Ihr Vater wurde ins Krankenhaus eingeliefert«, erzählte Luca, während er die Speisekarte studierte.

»Das tut mir leid, ich hoffe, nichts Ernstes?«

»Ein leichter Schlaganfall. Mathilda will ihn mit nach Portofino bringen, damit er sich in der Villa etwas erholen kann.«

»Das ist eine gute Idee, ihm wird es hier gefallen«, meinte Franco und lehnte sich entspannt zurück.

»Ich denke eher nicht. Er mag Portofino nicht, das hat mir

Mathilda zumindest erzählt. Er war wohl als junger Mann schon mal hier.«

»Was? Wer mag denn Portofino nicht? Es ist der schönste Flecken der Erde.«

»Frag deine Schwester, sie mag Portofino auch nicht«, meinte Luca und lachte.

»Meine Schwester mag niemanden außer sich selbst. Das wird auch der Grund sein, dass sie am Ende ganz alleine dastehen wird«, sagte Franco missmutig. »Hast du etwas mit dieser Tedesca?« Die Frage sollte ganz beiläufig klingen, barg aber für Luca so viel Zündstoff.

»Ja, ich liebe sie.« Er blickte Franco ernst an.

»Hast du Aurora mit ihr betrogen?«

»Nicht, dass es dich etwas anginge, aber nein, habe ich nicht. Das mit Aurora war schon lange vorbei. Wir haben nicht einmal mehr miteinander geschlafen. Das mit Mathilda ist etwas anderes. Sie ist liebevoll, gutmütig, und wunderschön.«

Franco lachte leise. »Oh, wow! Das hört sich an, als wärst du schwer verliebt.«

Luca legte die Speisekarte zur Seite und nickte. »Ja, das bin ich. Ich denke, ich werde sie fragen, ob sie meine Frau werden will. Ich bin schon in sie verliebt, seit ich neunzehn bin. Das Schicksal hat uns wieder zusammengeführt. Das kann ich nicht außer Acht lassen. Diese Frau kann man nicht ignorieren.«

»Dann habe ich also keine Chance?«, fragte Franco.

»Nein, mein Freund. Sei mir nicht böse, aber sie gehört mir … schon seit einer Ewigkeit.«

»Und wer kommt schon gegen das Universum an? Also sag, was willst du essen, mein Freund?«

»Ich nehme die Cannelloni.«

»Warum schaust du immer in die Speisekarte, wenn du doch am Ende die Cannelloni nimmst?« Lachend stand Franco auf und begab sich in die Küche.

Kapitel 18

Portofino
Sommer 1983

Paul lag nackt im Bett und rauchte eine Zigarette. Die Luft, die ins Zimmer hereinwehte, kühlte seine verschwitzte Haut. Langsam blies er den Rauch aus. Musik drang zu ihnen herauf. Er erkannte Juliet von Robin Gibb und trommelte den Takt mit dem Finger auf seiner Brust mit. Er fühlte sich selig, wie ein Kleinkind, in dem Schoß seiner Mutter. Sein Herz quoll über vor Liebe für die Frau, die er anblickte.

Caterina war wie das Sommergewitter, das draußen tobte, über ihn hereingebrochen. Sie lag neben ihm, beobachtete ihn, mit ihren wunderschönen grünen Augen.

»Komm mit mir nach Frankfurt«, sagte Paul in die Stille hinein. »Ich möchte mit dir zusammenleben, wenn du willst, werde ich bei deinem Vater um deine Hand anhalten.«

»Du bist verrückt«, murmelte Caterina, die auf dem Bauch lag und das Kinn auf ihre Hände aufgestützt hatte.

»Nein, nur verliebt. Wirklich Caterina, ich meine es ernst. Ich liebe dich und will mit dir leben. Wenn es gar nicht anders geht, werde ich nach Portofino ziehen.« Er drückte die Zigarette in einem Aschenbecher aus.

»Das geht nicht, Paul. Es ist unmöglich.« Ihr Blick hatte sich verändert. Er zeugte von Angst und Resignation.

»Warum denn nicht, Liebling? Bitte sage es mir, ich will es verstehen. Was auf der Welt kann so schlimm sein?« Er streichelte ihren Rücken, hinunter bis zu ihrem Po.

»Ich kann es dir nicht sagen«, flüsterte sie und ihre Augen füllten sich mit Tränen.

»Verdammt, Caterina. Ich habe dir jahrelang Briefe geschrieben und nicht eine Antwort zurückerhalten. Trotzdem bin ich wieder hierhergekommen, um dich zu finden.«

»Du hast mir geschrieben? Ich habe nicht einen erhalten«, sagte sie fassungslos und setzte sich auf.

»Ich habe dir, wie versprochen, jeden Monat einen Brief geschrieben, ein ganzes Jahr, danach immer mal wieder. Ich habe so auf eine Antwort gehofft.«

»Paul, du musst mir glauben, ich habe nie auch nur einen einzigen erhalten ...« Sie legte die Hand an ihre Lippen. »Meine Mutter, sie holt immer die Post«, murmelte Caterina und schloss die Augen.

»Aber das ist doch alles egal, wir haben uns wiedergefunden.« Paul lächelte.

»Nein, es ist nicht egal. Wir können nicht zusammensein, wir können auch nicht heiraten«, rief sie laut.

»Und warum nicht?« Paul fuhr sich nervös über die Haare.

»Weil ich schon längst verheiratet bin!«, schrie sie ihm entgegen.

Paul kam es vor, als wäre er mit hundert Sachen vor eine Mauer gekracht. Er konnte, nein, er wollte nicht glauben, was er da hörte. »Was?«, fragte er leise nach und sprang vom Bett auf. »Sag das noch mal.«

»Es tut mir leid, ich bin verheiratet. Meine Eltern haben mich zu dieser Hochzeit gedrängt. Ich liebe ihn nicht.« Sie saß auf dem Bett, schaute ihn nicht an, legte den Kopf in die Hände und begann zu weinen.

»Aber ... warum hast du mir nicht schon eher gesagt, dass du einen Mann hast?« Das war einfach verrückt. Wie konnte sie verheiratet sein, wenn er sie doch liebte? »Wie lange bist du schon verheiratet? Mit wem?«

»Seit einem Jahr ... ich wollte nicht heiraten, weil ich ihn nicht liebe«, schniefte Caterina. »Ich hatte nie wieder etwas von dir gehört, ich dachte, du hättest mich vergessen und da war es mir egal, wen ich heirate. Ich war so verliebt in dich und habe immer auf eine Nachricht von dir gehofft. Doch es kam nichts. Mein Vater hat ihn für mich ausgesucht, mir war alles egal. Ich konnte doch nicht wissen, dass du irgendwann wieder hier auftauchst, nach all den Jahren. Es ist sieben Jahre her, Paul. Sieben Jahre!«, rief sie aufgebracht. Tränen liefen ihr die Wangen hinunter und weckten Pauls Beschützerinstinkt. Er war mit drei Schritten bei ihr, kniete sich vor Caterina und küsste sie zärtlich.

»Nicht weinen, cara. Wir bekommen das hin. Du kannst dich scheiden lassen und du kommst zu mir nach Frankfurt, oder wir ziehen in eine andere Stadt.«

Caterina schüttelte den Kopf. »Das wird nicht funktionieren. Er wird mich finden und totschlagen. Oder, was noch schlimmer wäre, wenn er dir etwas antut.«

Nachdenklich sah Paul sie an. »Schlägt er dich?« Bei dieser Frage war es Paul gar nicht wohl, doch er musste die Wahrheit wissen, auch wenn ihm das Herz bis zum Hals schlug.

Zögerlich zuckte Caterina mit den Schultern. »Manchmal. Er ist kein schlechter Mensch, nur so aufbrausend, wenn ich etwas falsch mache. Paul, du musst wieder gehen. Bitte. Wir haben keine Zukunft. Das, was hier geschehen ist, darf nicht noch einmal passieren. Ich habe ihm gesagt, dass ich bei einer Freundin bin, doch wenn er herausfindet, dass ich lüge, bringt er mich um.« Sie blickte ihn so flehend an, dass er nicht anders konnte, als zu nicken.

»Gut, wenn es dein Wunsch ist.« Er machte sich von Caterina los und zog sich an, weil seine Nacktheit ihn so unpassend vorkam. Auch Caterina zog sich an. Wie ihm schien, mied sie den Blick zum Bett, als würde sie es bereuen, überhaupt mit ihm geschlafen zu haben.

Paul stand am offenen Fenster, schaute hinaus zum Meer. Der Regen hatte aufgehört, es waren nur noch die Tropfen von den Bäumen zu hören, die eine ganze Sinfonie spielten.

»Ich muss gehen, Paul. Es tut mir leid. Bitte glaube nicht, dass ich dich angelogen habe. Alles, was ich heute Abend gesagt und getan habe, habe ich aus reinem Herzen getan. Ich liebe dich und werde es immer tun. Aber ich kann nicht mit dir leben. Das ist einfach unmöglich.« Sie stand dicht hinter ihm, Paul konnte ihre Wärme quasi spüren. Dann berührte sie seinen Rücken, schlang die Arme von hinten um seine Hüften.

»Ich habe noch nie einen Mann so sehr geliebt wie dich. Ich werde es immer tun. Aber ich werde dich nicht wiedersehen. Tu mir den Gefallen, werde glücklich und vergiss mich. Ich liebe dich.« Sie ließ ihn los und ging zur Tür.

»Warte!«, rief Paul und drehte sich um, folgte Caterina zur Tür.

Sie sah ihn ernst, aber gefasst entgegen.

»Hier, bitte nimm das. Ich möchte, dass du ihn trägst. Und ja, ich werde dich gehen lassen und niemals zurückkehren, aber eines werde ich niemals tun. Ich werde dich nie, nie in meinem Leben vergessen.« Er drückte ihr einen Ring in die Hand, den er von seinem kleinen Finger gezogen hatte. Es war ein

Erbstück seiner Familie. Ein Ring mit einem Siegel, aus reinem Silber.

Caterina schloss ihre Hand um den Ring und nickte. »Danke, cuore mio.« Sie drehte sich um und verließ den Raum.

Zwei Stunden später verließ Paul Portofino, fuhr Richtung Frankfurt, um nie wieder zurückzukehren.

Zehn Monate später erhielt Paul einen Brief aus Italien. Er war in Genua aufgegeben worden und kam von einer Frau Namens Eleonora Goldovi. Der Brief war von Caterina geschrieben, ihre gute Freundin Eleonora hatte ihn zur Post gegeben, wie er aus dem Brief erfuhr. Das Schreiben war kurz, veränderte aber Pauls Leben für immer.

Mio caro!

Meine beste Freundin Eleonora schickt Dir diesen Brief. Ich schreibe Dir, weil etwas geschehen ist, was ich niemals für möglich gehalten habe. Ich habe vor einigen Wochen ein Kind zur Welt gebracht. Mein Mann ist der Meinung, dass es seines ist, aber das ist nicht die Wahrheit. Lieber Paul, du bist der Vater eines Sohnes geworden. Ich muss Dir das mitteilen, um mein schlechtes Gewissen zu erleichtern. Ich werde nie etwas von Dir fordern, Du wirst nie eine Rolle in dem Leben dieses Kindes spielen können, aber ich will, dass Du weißt, dass unsere Liebe für immer weiterleben wird. Meine anfängliche Angst ist einer großen Freude gewichen, weil ich weiß, dass es Dein Kind ist. Ich werde dieses Kind genauso lieben, wie ich Dich liebe. Unsere Liebe wird für immer fortbestehen.

Lebe wohl, Deine Caterina

Kapitel 19

Portofino
Herbst 2019

»Ich habe ein Versprechen gegeben und möchte es nicht brechen«, brummte Paul. Er saß neben Mathilda in ihrem Audi, den sie mit einer Menge Gepäck vollgeladen hatte. Vor einer Woche war er schon aus dem Krankenhaus entlassen worden und so lange hatte Mathilda gebraucht, um ihn zu überreden, sie nach Portofino zu begleiten. Er hatte ihr eine Woche Aufenthalt zugesagt, doch sie war sich sicher, dass er, wenn er erst einmal dort war, würde länger bleiben wollen. Auch hatte er sich nicht dazu geäußert, wer Caterina war und was damals geschehen war. Wenn die Zeit gekommen war, würde er nachgeben, doch Mathilda war sich auch bewusst, dass es sie eigentlich nichts anging. Es war das Leben ihres Vaters, nicht ihres.

»Was für ein Versprechen hast du gegeben?«, fragte Mathilda, als sie die Straße von Genua nach Portofino entlang fuhren.

»Nie wieder nach Portofino zu kommen.« Er legte den Kopf in den Nacken. Nach dem Klinikaufenthalt hatte er sich schnell wieder erholt, doch seine Laune ließ heute zu wünschen übrig.

»Nun, ich glaube nicht, dass man am Ortseingang darauf wartet, dass du dort auftauchst, nur um dich wieder wegzuschicken«, erklärte Mathilda mit einem Lächeln auf den Lippen.

»Ich mag deinen Sarkasmus nicht«, murrte er.

»Und ich deine schlechte Laune nicht. Du kannst dich auf den Kopf stellen, aber ich werde in Portofino leben und wenn du mich sehen willst, musst du über deinen Schatten springen und mich dort besuchen. Ich kann die Villa ja wohl kaum einpacken und nach Frankfurt mitnehmen. Außerdem gehört sie mir ja nicht allein«, stellte sie fest.

Paul zog seine Sonnenbrille tiefer und sah sie über die Gläser hinweg an. »Wie ist dieser Luca denn so?«, wechselte er schnell das Thema.

»Er ist Anwalt.«

»Oh Gott! Ein Rechtsverdreher«, stöhnte er.

»Du kennst ihn doch gar nicht.«

»Was für ein Anwalt?«

»Scheidungsanwalt, aber er nimmt auch andere Fälle an. Er war Teilhaber in einer Kanzlei in Genua, wird aber jetzt eine Praxis in Portofino eröffnen. Wir wollen das Haus umbauen, um dort eine Frühstückspension zu eröffnen, und den Garten für Hochzeitsfeiern anbieten.«

»Wie praktisch, dann kann er den Frischvermählten direkt seine Visitenkarte zustecken, falls es mit der Ehe doch nicht klappt.«

Mathilda warf Paul einen vernichtenden Blick zu. »Du bist unmöglich. Wenn du dich Luca gegenüber schlecht benimmst, werde ich dich eigenhändig in einen Zug nach Frankfurt setzen und ich weiß, wie sehr du Zugfahren hasst.« Daraufhin verfiel

Paul in tiefes Schweigen, bis sie endlich in der Via Duca degli Abruzzi ankamen.

Mehrmals drückte Mathilda auf die Hupe, nachdem sie vor dem Haus parkte. Luca kam aus dem Garten und sie sprang aus dem Wagen, warf sich ihm in die Arme. Luca küsste sie, als hätten sie sich Jahre nicht gesehen.

»Ich werde dich nie wieder gehenlassen«, raunte er an ihren Lippen. »Nie wieder, cara.«

»Und ich werde nie wieder gehen«, strahlte Mathilda und küsste ihn zurück.

»Bevor Sie meine Tochter vollkommen verschlingen, würde ich mich gerne vorstellen.«

Die tiefe Stimme ließ Mathilda an Lucas Lippen lächeln. Sie hob den Kopf. »Papa!«, sagte sie mahnend und ließ von Luca ab.

»Signore Krämer! Benvenuto! Willkommen in Portofino.« Luca hielt ihm die Hand entgegen.

»Papa, das ist Luca Goldovi. Du erinnerst dich bestimmt an ihn, er hat mich damals zum Segelboot gerudert ... Luca, das ist mein schlecht gelaunter Vater Paul.«

Endlich ergriff Paul Lucas Hand und Mathilda atmete erleichtert aus. Sie hatte schon befürchtet, dass Paul die Hand ausschlagen würde.

»Du hättest mir sagen müssen, dass du mit dem anderen Erben eine Verbindung der besonderen Art eingegangen bist«, sagte Paul und sah seine Tochter strafend an.

»Mein Gott, das hört sich an, als hätte ich E.T. geküsst. Und damit du gleich Bescheid weiß, ich liebe Luca und du brauchst dich hier nicht als Beschützer aufzuspielen, dafür ist es schon zu spät.« Mathilda blickte ihren Vater verärgert an. So langsam ging ihr seine miese Laune wirklich mächtig auf den Zeiger.

»Na, dann will ich mal hoffen, dass dieses Haus dicke

Mauern hat.« Paul drehte sich um und holte sein Gepäck aus dem Kofferraum.

Mathilda verdrehte die Augen und Luca lächelte milde.

»Darf ich Ihnen das Gepäck abnehmen?«, fragte Luca und wollte danach greifen, doch Paul zog den Koffer weg.

»Nein danke. Ich bin noch kein Invalide.«

»Das nehme ich auch bei Ihrer Konstitution nicht an, ich wollte nur schon mal üben, bis wir im nächsten Jahr die Pension eröffnen«, erklärte Luca mit einem Grinsen und ließ sich nicht vertreiben.

Paul überlegte kurz, dann übergab er den Koffer an Luca. »Seien Sie vorsichtig damit, er bedeutet mir viel.«

»Das alte Ding?«, fragte Mathilda und zog eine Augenbraue in die Höhe. »Pass nur auf, dass niemand den Koffer erkennt und dich des Landes verweist.«

»Ich kann deinen Humor auf keinen Fall teilen«, knurrte Paul und sah Luca auffordernd an. »Bringen Sie mich aus der Sonne, junger Mann.«

Während Luca ihren Vater zu seinem Gästezimmer begleitete, ging sie in den Garten und setzte sich auf die Terrasse. Paul brauchte Ruhe, um sich einzuleben, und sie wollte erst einmal Zeit mit Luca verbringen.

Es dauerte nicht lange, bis Luca wieder auftauchte. Sie blickte ihn entschuldigend an. »Er ist nicht immer so.«

»Was denn? Er ist doch sehr nett und hat mir sogar das Du angeboten.« Luca setzte sich zu Mathilda und zog sie auf seinen Schoß. »Ich kann es nicht erwarten, mit dir allein zu sein.«

»Wir sind allein.«

»Du weißt, was ich meine.« Er sah sie vielsagend an.

»Natürlich«, raunte sie ihm zu. »Erzähl mir, was du die letzten Tage gemacht hast.«

»Ich habe mich um Leute für die Olivenernte gekümmert, wir brauchen Hilfe und können das nicht alleine schaffen.«

»Das ist toll.« Mathilda gähnte.

»Du musst müde von der Fahrt sein. Möchtest du noch etwas essen?«, fragte Luca und strich ihr über den Rücken.

Die neunstündige Fahrt steckte ihr wirklich in den Knochen. »Nein, Paul und ich haben unterwegs gut gegessen. Ich werde ihm noch etwas Wasser aufs Zimmer bringen und sehe nach, ob er alles hat, dann werde ich wohl ins Bett gehen, ich bin wirklich müde.« Sie erhob sich und sah Luca entschuldigend an.

Mittlerweile wurde es schon früh dunkel und Luca erhob sich ebenfalls. »Warte, ich komme mit. Ich habe deine Sachen in das große Schlafzimmer geräumt, wo wir zusammen schlafen können. Ich hoffe, es ist dir recht.«

Sie nickte. »Natürlich. Welches Zimmer hast du Paul gegeben?«

»Das am Weitesten von unserem Schlafzimmer entfernt liegt.« Ein feines Lächeln zog über seine Lippen.

Kapitel 20

Paul konnte es nicht fassen, dass er sein Versprechen gebrochen hatte. Wie groß war die Chance bei einer Einwohnerzahl von knapp fünfhundert Menschen, Caterina nicht über den Weg zu laufen? Das war fast ein Ding der Unmöglichkeit. Er stand am Fenster und blickte in die Nacht hinaus. Es roch noch wie früher. Portofino hatte seinen ganz eigenen Duft nach Meer, Zypressen, Jasmin und ... Caterina.

Ob sie *ihn* wohl wiedererkennen würde? Würde er *sie* wiedererkennen? Doch, da war er sich ganz sicher. Ob sie immer noch verheiratet war? Dass sie noch hier leben würde, daran hatte er keinen Zweifel. Er stützte seine Hände auf dem Fenstersims ab und atmete tief ein. Hunderte von Erinnerungen stürzten auf ihn ein. Seine Jugend, der letzte Sommer, den er hier verbracht hatte, bevor er sein Studium begonnen hatte. Johannes, sein Freund, der so früh verstorben war. Caterina. Immer wieder Caterina. Wie wohl sein Sohn aussehen mochte? Er konnte es sich nicht vorstellen. Er hatte Caterinas Bitte befolgt und keine Nachforschungen zu seinem Sohn angestellt, für ihn spielte immer nur Mathilda eine große Rolle in seinem Leben. Auch wenn er wusste, dass er einen Sohn hatte, so hatte er die Erinnerungen daran ganz tief in seinem Herzen verschlossen, so wie Caterina es gewünscht hatte.

Doch jetzt, wo er wieder in Portofino war, würde er auf die Suche nach ihm gehen. Im Stillen. Er würde es nicht an die große Glocke hängen, denn er wollte keine Tragödie heraufbeschwören, aber Paul wollte ihn zumindest einmal sehen. Jetzt, wo er sich endlich durchgerungen hatte und diese Gelegenheit konnte er sich nicht entgehen lassen.

»Ich habe gar nicht gefragt, ob es dir recht ist, dass ich meinen Vater mitgebracht habe«, murmelte Mathilda an Lucas Lippen. Sie lagen gemeinsam im Bett, nachdem sie sich ausgiebig geliebt hatten.

»Ich freue mich, deinen Vater kennenzulernen und dass es ihm wieder besser geht. Es ist alles in Ordnung, cara.« Luca streichelte sanft ihre Haut. »Ich habe dich sehr vermisst in den letzten Tagen«, raunte er, während er eine Spur von kleinen Küssen über ihren Brüsten zu der Körpermitte zog. »Sehr vermisst.« Er sah ihr tief in die Augen.

»Ja, ich habe dich auch sehr vermisst, Luca.« Sie war schwer verliebt, wie sie feststellen musste. Ob das gut war oder nicht, konnte sie nicht sagen, doch das Gefühl breitete sich wie ein warmes Feuer in ihrem Magen aus. Es kribbelte und sie konnte nicht fassen, dass dieser aufregende Mann ihre Gefühle erwiderte.

»Lass uns morgen Abend mit deinem Vater zu Franco gehen«, schlug Luca vor.

»Du willst ihn mit Cannelloni beeindrucken?«

Luca lachte und begann ihren Oberschenkel zu streicheln. »Vielleicht. Ich will ihn auf meine Seite ziehen«, raunte er ihr zu, knabberte verführerisch an ihrem Hals.

Mathilda legte den Kopf in den Nacken, genoss diese Zärtlichkeiten. »Mein Vater ist eine harte Nuss, wenn es um mich geht. Er hat bisher jeden Verehrer in die Flucht geschlagen, wenn es mal einen gab«, berichtete sie lachend.

»Mich wird er nicht los. Keine Chance.« Luca klang sehr überzeugend.

»Was hast du denn vor?«

»Warte es ab, du wirst es schon früh genug erfahren.« Er drückte sie in die Kissen, schob sich über ihren Körper. »Jetzt habe ich erst einmal Besseres zu tun«, murmelte er und zeigte ihr augenblicklich, wovon er sprach.

Kapitel 21

Nach dem Frühstück am nächsten Morgen fuhren sie zu dritt nach Chiavari. Hier fand immer am zweiten Wochenende im Monat ein Antiquitätenmarkt statt und die Gegend war bekannt für ihre Buchenholzstühle mit Sitzflächen aus geflochtenem Stroh. Sie brauchten eine Menge Möbel, um die Zimmer auszustatten. Sechs von ihnen standen komplett leer, sodass sie nur noch renoviert werden mussten und dann konnten die neuen Möbel einziehen.

»Wie wollt ihr das alles finanzieren?«, fragte Paul an Luca gewandt, die beide vorne saßen. Mathilda hatte sich auf den Rücksitz ihres Wagens zurückgezogen, um sich Stoffmuster anzusehen. Da Lucas Wagen ein reiner Zweisitzer war, war es eine gute Entscheidung gewesen, dass sie ihren Kombi nach Italien geholt hatte. Den kleinen Fiat 500 hatte Luca am Flughafen zurückgelassen, als Mathilda nach Frankfurt geflogen war.

Die Männer unterhielten sich leise und Mathilda schenkte Luca ab und an ein Lächeln über den Rückspiegel. Pauls Laune hatte sich um hundertachtzig Grad gedreht, was Mathilda wohlwollend zur Kenntnis genommen hatte. Es wäre auch ein

Wunder gewesen, denn die Schönheit von Portofino ließ niemanden kalt.

»Am Ende des Gartens befindet sich ein kleines Grundstück, das wir verkaufen wollen. Es gibt auch schon einen Interessenten«, erklärte Luca, während er den Wagen mit sicherer Hand über die kurvige Straße lenkte.

»Er hat Interesse an einem kleinen Grundstück?«, wollte Paul wissen.

»Ja, das liegt wohl daran, dass es ein striktes Bauverbot in Portofino gibt. Es gibt keine Genehmigungen, neue Bauten zu errichten, da hat man keine Chance. Allerdings steht auf dem Grundstück ein kleines Haus. Es ist ziemlich runtergekommen, aber wenn man es herrichtet, gilt es als Instandsetzung, nicht als Neubau.«

»Also benötigt man keine Baugenehmigung«, sagte Paul.

Luca nickte zustimmend. »So sieht es aus. Das macht das Gelände so kostbar.«

»Und hast du schon mit dem potenziellen Käufer gesprochen?«, fragte Paul ganz beiläufig.

»Nein, noch nicht. Alfredo, mein Großvater, hat es immer abgelehnt, das Grundstück zu verkaufen, weil ihm nichts am Geld lag. Wenn du magst, zeige ich es dir später, wenn wir wieder zurück sind.«

Paul nickte, ohne etwas zu sagen, schien in seinen Gedanken versunken.

Der Antiquitätenmarkt war gut besucht, besonders Touristen trieben sich hier herum, verstopften die Gassen.

»Hast du eine Vorstellung, wonach wir genau suchen?«, fragte Mathilda an Luca gewandt, als sie Hand in Hand über den Markt schlenderten.

»Du bist die Innenarchitektin. Dieses Feld überlasse ich ganz dir. Ich vertraue dir und deinem Geschmack«, versicherte Luca.

»Du bist aber sehr mutig.« Mathilda schmunzelte.

»Nein, ich kenne deinen Männergeschmack und der ist schon mal nicht übel«, erklärte er selbstbewusst und küsste sie.

»Ich habe mir vorgestellt, dass wir den Zimmern anstatt Nummern Farbnamen geben, und diese dann als Einrichtungsvorgabe dienen.«

»Du meinst also etwa wie das Blaue Zimmer oder das Bernstein Zimmer?«

»Ja genau.«

»Und welche Einrichtungsformen?«

»Die Form folgt der Funktion. Ich denke nicht, dass wir uns unbedingt einer einzelnen Form unterwerfen sollten. Es soll klar und funktionsmäßig sein, aber nicht zu modern, denn es soll den Stil und Charme von Portofino widerspiegeln.«

»Ich habe zwar keine Ahnung von Inneneinrichtung, aber das hört sich toll an.« Luca warf ihr einen bewundernden Blick zu. Er war stolz auf sie, das sah man in seinen Augen und Mathildas Wangen brannten vor Freude.

Paul hatte sich bei einem Weinhändler niedergelassen und genoss ein Gläschen im Schatten eines Sonnenschirms.

»Schau mal dort drüben, die Highboards. Zwei Stück. Die sehen doch super aus.« Luca zeigte zu einem Händler, der eine Menge restaurierter Möbel anbot.

Sie gingen hinüber und Mathilda sah sich die Hochkommode genau an. »Die Schubladen sind leichtgängig, die Scharniere neu, aber passend. Das Holz ist unbehandelt, eine sehr schöne Arbeit. Was die wohl kosten mögen?«

»Kriegen wir raus.« Luca wandte sich an den Verkäufer, diskutierte hitzig mit ihm. Kurz darauf winkte er Mathilda zu sich. »Er hat noch drei weitere der gleichen Art, die gerade restauriert werden, dann hätten wir schon mal fünf.«

»Oh, das wäre ja wunderbar. Kann er noch mehr besorgen?« Mathildas Herz schlug ganz schnell. Die Kommoden waren eine Rarität und würden wunderbar in die Zimmer passen.

Luca und der Verkäufer verhandelten eine ganze Weile, dann schlug er die angebotene Hand ein und lächelte.

»Wir bekommen zehn zum Preis von acht«, sagte Luca. »Sie werden in der nächsten Woche geliefert.«

»Wie wunderbar. Was haben sie denn gekostet?«, wollte Mathilda wissen, bekam allerdings keine Antwort auf ihre Frage, sondern nur ein Lächeln von Luca. »Komm, sag schon.«

»Sie sind ein Geschenk von mir an dich«, raunte er ihr zu und als sie protestieren wollte, verschloss Luca ihr den Mund mit einem Kuss.

»Lass uns zurückfahren, damit wir etwas Gutes zu essen bekommen«, schlug Luca vor und legte seinen Arm um ihre Schultern.

»Ja, mal schauen, wie es Paul so geht.« Mathilda hielt besorgt nach ihrem Vater Ausschau, der sich aber gut gelaunt mit dem Winzer unterhielt. Er hatte zwei Kisten Wein gekauft. »Mein Geschenk an Euch, dafür, dass ich bei Euch untergekommen bin«, erklärte er.

»Papa, das ist doch nicht notwendig.«

»Vielleicht nicht, aber ich mache es gerne. Der Wein ist richtig gut.« Ohne weiter auf ihren Einwand einzugehen, lud er die Kisten in den Kofferraum.

Kapitel 22

Während Mathilda sich für den Abend fertigmachte, besichtigte Paul mit Luca das Grundstück, das zum Verkauf stand. Es war von der Straße begehbar, aber durch den Garten gab es auch einen Weg, der zu dem baufälligen Haus führte.

»Es ist klein, aber man kann etwas Schönes daraus machen«, erklärte Luca. »Alfredo hat es nicht mehr genutzt, was ich sehr schade fand.«

Paul nickte, als das kleine Haus in Sicht kam. Es war ein Steinhaus, das einen gewissen Charme verströmte. Auf dem Dach fehlten eine Menge Ziegel. Es war im Bungalowstil errichtet, ebenerdig, allerdings mit einem Spitzdach. »Das sind ja bestimmt einhundert Quadratmeter«, stellte Paul fest.

»Das Grundstück hat knapp fünfhundert Quadratmeter, das Haus hundertzehn«, erklärte Luca und betrat das Haus.

Der Innenraum war mit Gerätschaften vollgestellt, die nicht mehr benutzt wurden. Holzleitern, noch brauchbare Dachziegel, alte Stühle, ein kaputtes Fahrrad. Der Boden war mit Terrakottafliesen ausgelegt.

»Schau dir diese gut erhaltenen Fliesen an. Wer hat hier gelebt?«, wollte Paul wissen und ging in die Hocke, um die

Fliesen zu berühren. Sie hatten die Wärme des Tages noch gespeichert. Die Sonne hatte den ganzen Tag durch das defekte Dach geschienen.

»Alfredo hat hier mit seiner Frau gelebt, als sein Vater das Haupthaus noch bewohnte. Nach dessen Tod ist Alfredo mit seiner Familie umgezogen und das Haus stand leer.«

»Was wollt ihr für das Grundstück inklusive dem Haus haben?«, fragte Paul aus einem Reflex heraus. Als Architekt war für ihn immer von Interesse, mit welchen Werten er es zu tun hatte.

»Der Käufer hat mir Vierhunderttausend geboten, doch das finde ich zu wenig.« Luca trat wieder ins Freie hinaus.

»Da hast du völlig recht«, stimmte Paul zu, »das Grundstück mit Haus sind locker siebenhunderttausend Euro wert«, schätze Paul. »Auf dem Grundstück gibt es sogar Rebenstöcke und man könnte Wein produzieren. Also mit siebenhundertfünfzigtausend Euro würde ein Käufer noch ein Schnäppchen machen.« Paul schlug langsam den Weg Richtung des Haupthauses ein.

»Bist du sicher?«, fragte Luca skeptisch. »Das Haus ist in keinem guten Zustand.«

»Aber, wie du selbst gesagt hast, gibt es keine Baugenehmigungen und hier könnte man durch einen Umbau ein schönes Haus wiederbeleben.« Er war stehen geblieben und sah Luca an. »Würdest du an mich verkaufen?«, fragte er frei heraus.

»An dich? Sofort! Aber hat Mathilda nicht auch ein Wörtchen mitzureden?« Luca schien sich nicht ganz wohl in seiner Haut zu fühlen. Er zupfte nervös an einer Manschette seines Hemdes.

»Sagen wir so, ich will euch ein wenig unterstützen. Nach meinem Tod würde Mathilda das Land erben, so hätte sie etwas, das ganz alleine ihr gehört. Nenn es eine Absicherung«, versuchte Paul, sein Vorgehen zu erklären. »Und hat sie dir nicht den Verkauf allein übertragen?« Paul zwinkerte Luca zu.

»Da hast du natürlich recht. Aber hast du vor, das Haus wieder aufzubauen?«

Paul sah über eine Schulter, zurück zum Haus. »Ich bin Architekt. Was glaubst du, weckt dieser Anblick in meinem Herzen? Natürlich werde ich mich diesem Projekt widmen. Mathilda möchte, dass ich in ihrer Nähe bin. Aber ich will euch nicht auf die Nerven gehen. Wer will schon mit dem Vater seiner Freundin in einem Haus wohnen?« Paul lachte, aber Luca hob nur die Schultern.

»Für Mathilda würde ich es tun«, warf er kurz ein.

»Das ist sehr lobenswert, aber auch ich bin gerne für mich. Ich denke, so eine räumliche Trennung wäre genau das Richtige. Ich habe keine Ahnung, was du mit Mathilda vorhast, aber sollte es ernst werden, würde das Grundstück in der Familie bleiben.«

»Mir ist es sehr ernst mit Mathilda. Gut, dass sich die Gelegenheit ergibt, dass wir beide alleine sind. Ich habe es Mathilda schon angekündigt, dass ich um ihre Hand anhalten werde und will dich gerne um die Erlaubnis bitten.« Luca sah Paul ernst und aufrichtig an.

Mittlerweile kannte Paul ihn ein wenig und unter anderen Umständen hätte er es für völlig verfrüht gehalten. Doch Luca erinnerte ihn an sich selbst, als er ein junger Mann war. Er hätte Caterina auf vom Fleck weg geheiratet. Diese Italiener hatten ein anderes Lebensgefühl. Sie waren freier, spontaner und er sah das Leuchten in den Augen seiner Tochter, wenn sie von Luca sprach oder ihn ansah. Das war ihm Sicherheit genug.

»Ja, mein Junge. Du hast meine Erlaubnis, auch wenn du sie eigentlich nicht brauchst. Mathilda ist eine sehr eigenständige Frau und am Tag, an dem sie deinen Antrag annimmt, werde ich ein sehr glücklicher Vater sein.«

»Vermutlich wirst du es nicht nachvollziehen können, aber ich habe das Gefühl, als würde ich Mathilda ein Leben lang kennen. Glaube ja nicht, dass meine Gefühle nicht aufrichtig sind.« Luca schenkte ihm ein Lächeln und dieser wusste nicht, wie gut Paul ihn verstand.

»Der Preis für das Grundstück ist dir nicht zu hoch?«, wollte Luca wissen, und wechselte so das Thema. »Denn der Umbau wird auch noch einiges verschlingen.«

Paul verschränkte die Arme vor der Brust, sah sich noch einmal um und sein Blick blieb an der Aussicht auf das Mittelmeer hängen. »Es gibt Ausblicke, die mehr kosten und weniger schön sind.« Damit hielt er Luca die Hand entgegen. »Du kannst den Vertrag aufsetzen.«

Am Abend gingen sie essen. Mathilda hatte großen Hunger und war froh, dass Luca einen Tisch bestellt hatte. Paul wollte gerne noch ein wenig durch die Gassen spazieren. In der Via Roma blieb er vor dem Andenkenladen stehen.

»Wartet bitte. Ich gehe dort kurz rein«, sagte er und wich Mathildas Blick aus.

»Was willst du denn dort?«, fragte sie verblüfft.

»Zigaretten holen«, knurrte Paul und öffnete die Tür.

»Aber er raucht doch gar nicht«, murmelte sie und sah Luca verständnislos an, der nur die Schultern hob.

Wenig später trat Paul wieder zu ihnen und steckte eine Packung Lucky Strike in seine Hemdtasche.

»Du sollst nicht rauchen, hat der Arzt gesagt«, schimpfte Mathilda, doch Paul winkte nur ab. »Ich rauche ja nicht die ganze Packung auf einmal, Mama.« Er grinste und Mathilda nahm beleidigt Lucas Hand. »Ich bin nur um seine Gesundheit besorgt«, flüsterte sie ihm zu.

»Das ist ja auch in Ordnung. Aber ich denke, Paul ist alt genug um zu beurteilen, was er verträgt und was nicht.«

Abrupt blieb sie stehen und sah ihn überrascht an. »Seit wann seid Ihr denn beste Freunde?«

Diese Frage entlockte Luca ein kleines Lächeln. »Verübelst du mir, dass ich beim Vater meiner Liebsten punkten will?«

»Du schmeichelst dich bei Paul ein?« Sie schüttelte lachend den Kopf. »Das hast du doch gar nicht nötig. Ich denke, dein Ego ist groß genug.«

»Wenn es um dich geht, ist mein Ego so groß wie eine Olive.«

Sie waren vor dem Restaurant angekommen und Luca öffnete die Tür, ließ Mathilda und Paul den Vortritt.

»Ah, meine Lieblingsmenschen«, rief Franco und kam hinter dem Tresen hervor. Heute trug er eine schwarze Kochjacke, die seinen dunklen Teint noch mehr hervorhob.

»Ich muss euch heute an den Familientisch, in der Nähe der Küche setzen, weil wir eine Reservierung eines Filmstars mit fünfzehn Personen haben.« Er küsste Mathilda auf beide Wangen und umarmte Luca.

»Kein Problem, Franco. Wir fühlen uns geehrt, am Familientisch Platz zu nehmen«, erklärte Mathilda. »Darf ich dir meinen Vater Paul Krämer vorstellen?«

Die Männer schüttelten sich die Hände. »Signore Krämer, willkommen in meinem bescheidenen Lokal.«

»Paul, bitte.«

»Gerne, ich bin Franco. Bitte setzt euch doch, ich schicke euch gleich jemanden, der die Karten bringt. Ich muss leider in die Küche. Mama ist heute auch da, um mir zu helfen.«

»Deine Mutter? Wie geht es ihr?«, fragte Luca überrascht.

»Ich kann sie einfach nicht zu einer Operation überreden«, sagte Franco und verzog das Gesicht. »Sie ist sicher gleich fertig und dann kann sie sich zu euch setzen, wenn es euch recht ist.«

»Aber natürlich, ich freue mich, sie wiederzusehen«,

erklärte Luca und schlug Franco auf die Schultern. »Geh in die Küche, wir kommen zurecht.«

Sie nahmen Platz und kurz darauf kam ein Kellner und nahm die Getränkebestellung auf.

»Auf einen schönen Abend«, stießen sie an, nachdem alle mit Getränken versorgt waren.

»Also ich nehme wieder die Cannelloni«, verkündete Mathilda. »Die musst du probieren, Paul. Die Trüffelfüllung mit Mangold und Sellerieschaum ist ein Gedicht.«

»Wie wäre es, wenn wir die als Vorspeise bestellen und danach den Seeteufel?«, schlug Luca vor.

»Das hört sich gut an.« Paul nickte zustimmend.

»Ja, ich bin auch dabei«, erklärte Mathilda und sah zur Tür, wo eine Horde von Menschen laut lachend das Lokal betrat.

»Ist das nicht ...« Sie verstummte.

»Ja, das ist Victoria Alberti und ihre Entourage«, sagte Luca leise. »Sie besitzt hier ein Anwesen und fällt ab und an über das Dorf her.«

Sobald sie an einem großen Tisch Platz genommen hatten, wurden sie leiser. Der Tisch lag am anderen Ende des Raums und Mathilda widmete ihre Aufmerksamkeit wieder Luca und ihrem Vater.

»Wann werdet ihr mit der Olivenernte beginnen?«, fragte Paul.

»Ich denke, in circa drei Wochen wird es so weit sein.« Luca spielte mit dem Stiel seines Weinglases.

»Warum fragst du, Papa?«, wollte Mathilda wissen, als Franco aus der Küche kam und eine Frau zu ihren Tisch führte. Sie legte eine Hand auf die Stuhllehne neben Paul und er blickte überrascht auf die Frauenhand, an der ein silberner Ring funkelte. In diesem Augenblick fiel ihm jegliche Farbe aus dem Gesicht.

Kapitel 23

»PAPA, geht es dir gut?«, fragte Mathilda leise und Paul nickte, ohne den Blick von der Hand zunehmen, die auf der Stuhllehne neben ihm lag.

»Darf ich euch meine Mutter Caterina vorstellen. Mama, Luca kennst du ja und neben ihm sitzt seine ... Freundin Mathilda. Du weißt doch, die Frau, die Alfredo das Leben gerettet hat.«

»Ja natürlich. Luca, mein Junge, ich freue mich, dich endlich mal wieder zu treffen.« Sie tastete nach seiner Hand und drückte sie.

»Caterina, wie schön.« Luca erhob sich und küsste die Frau auf beide Wangen. Auch Mathilda erhob sich und drückte die Hand der Frau.

»Caterina«, sagte sie leise und blickte zu Paul, was er aus dem Augenwinkel wahrnahm, aber nicht darauf einging.

»Meine Liebe. Ich freue mich, Sie endlich kennenzulernen. Sie sind hier im Dorf eine Legende.« Sie lachte. Dieses Lachen ging Paul durch und durch.

»Und hier neben dir sitzt Mathildas Vater ... Paul.«

Paul erhob sich und griff nach der Hand der Frau, die

neben ihm stand. Sie trug eine große Brille, verbarg ihre Augen, doch nach ihren tastenden Gesten zu urteilen, war klar, dass sie blind war.

»Caterina, ich bin sehr geehrt, Sie kennenzulernen«, sagte Paul mit tiefer Stimme und drückte ihre Hand.

Sofort wandte Caterina ihm den Kopf zu. »Wie sagten Sie, war Ihr Name?«, fragte sie überrascht.

»Paul Krämer, aber nennen Sie mich bitte Paul.«

Caterina schluckte hart. »Natürlich.« Sie ließ sich auf den Stuhl nieder, den Franco ihr zurechtrückte. »Franco, bist du so lieb und besorgst mir ein Glas Wasser, bitte. Ich bin sehr durstig.«

»Natürlich, Mama. Sofort.«

»Wie geht es dir, Caterina?«, nahm Luca das Gespräch auf, sobald Franco den Tisch verlassen hatte.

»Danke, sehr gut, Luca. Du siehst ja, an meiner Situation hat sich nichts geändert. Ich wurde bei einem Autounfall verletzt und habe mein Augenlicht verloren«, erklärte sie mit ruhiger Stimme in die Runde. Sie blickte einen nach dem anderen an, als könnte man meinen, sie würde jeden einzeln anblicken.

»Das tut mir sehr leid«, sagte Paul leise.

»Das muss es nicht. Unfälle geschehen. Es muss wohl Schicksal sein, dass ich nicht mehr sehen kann. Ich habe mein Augenlicht verloren, aber nicht mein Leben.« Sie sagte es ganz ohne Bewertung in ihrer Stimme, als hätte sie sich mit ihrer Situation abgefunden, während Paul geschockt dasaß und sie ununterbrochen anstarrte. Caterina war immer noch so schön wie vor sechsunddreißig Jahren. Ihr Haar war immer noch tiefschwarz, nur kleine Fältchen waren zu erkennen. Sie war immer noch die schönste Frau für ihn.

»Ich helfe Franco ein wenig in der Küche. Zum Gemüse

schneiden oder Teig kneten brauche ich kein Augenlicht«, erklärte sie.

»Hier Mama, dein Wasser.« Franco stellte das Wasserglas auf den Tisch und legte ihre Hände darum.

»Eure Vorspeisen kommen gleich«, sagte Franco und verschwand wieder Richtung Küche.

Pauls Blick folgte Franco, als ihm ein merkwürdiges Gefühl beschlich. »Wie alt ist Franco eigentlich?«, fragte er in Richtung Luca.

»Fünfunddreißig, genauso alt wie ich. Meine Mutter Eleonora und Caterina haben sich im Krankenhaus kennengelernt und wurden beste Freundinnen, bis meine Mutter verstarb«, erzählte Luca.

Paul schluckte hart. Es war, als würde ihm jemand eine Faust in den Magen schlagen. »Ist er Ihr einziges Kind, Caterina?«, fragte Paul und sie wandte den Kopf, sah ihn an, schüttelte den Kopf. »Nein, ich habe noch eine Tochter, sie ist jünger als Franco und kommt wesentlich mehr nach ihrem Vater, meidet Portofino und die Familie. Sie hat mit mir und Franco gebrochen. Franco ist hier verwurzelt und ein Familienmensch. Er kommt eben mehr nach seinem Vater.«

Mathilda sah Luca fragend an. »Und wer ist dann Francos Vater?«, fragte sie vorsichtig.

Eine peinliche Stille entstand und bevor Caterina etwas antworten konnte, ergriff Paul das Wort. »Das bin dann wohl ich. Ich bin sein Vater«, erklärte er mit fester Stimme und Caterina seufzte tief.

Sie tastete nach seiner Hand und drückte sie fest. »Ja, Paul. Das bist du.«

»Wie bitte?«, fragte Mathilda irritiert und schaute entgeistert von einem zum anderen. Sie musste sich ja wohl verhört haben. Wieso kannten sich Caterina und ihr Vater? Woher?

»Mathilda, du hast mich im Krankenhaus gefragt, wer Caterina ist, jetzt kann ich es dir erzählen. Ich habe Caterina bereits 1976 kennengelernt. Wir haben uns 1983 wiedergesehen und sie wurde schwanger. Von mir. Ich musste ihr versprechen, dass ich nie wieder nach Portofino zurückkehre, doch jetzt habe ich mein Versprechen gebrochen. Es tut mir sehr leid, Caterina.« Er sah sie an und sie drückte seine Hand.

»Schon gut. Es war nicht richtig von mir, dass ich das von dir verlangt habe. Mittlerweile ist es auch unwichtig, denn ich bin geschieden und Franco hat ein Recht darauf zu erfahren, wer sein Vater ist.«

Wie aufs Stichwort kam Franco aus der Küche und servierte vier Vorspeisen. »So, dann lasst es euch mal schmecken.

»Schade um die Cannelloni«, murmelte Mathilda und sah Paul vielsagend an.

»Warum? Ist etwas damit nicht in Ordnung?«, fragte Franco und schaute besorgt in die Runde.

»Franco, bitte setz dich«, bat Caterina leise.

»Tut mir leid, Mama. Ich habe heute zu viel zu tun. Später werde ich mich zu euch gesellen.« Er wollte sich abwenden, da erhob Caterina die Stimme.

»Franco, du setzt dich jetzt zu uns und hörst mir zu.« Caterinas Stimme ließ keinen Widerspruch zu und Franco, ganz der gehorsame Sohn, zog sich einen Stuhl herbei und setzte sich.

»Du hast mich oft nach deinem Vater gefragt, als klar war, dass Francesco nicht dein leiblicher Vater ist. Ich bin dieser Frage immer ausgewichen, doch nun ist es wohl an der Zeit, dass ich dir deine Frage beantworte.« Sie machte eine kleine Pause und trank einen Schluck Wasser.

Währenddessen sah Franco in die Runde und sein Blick blieb bei Paul hängen. Dann schüttelte der plötzlich den Kopf. »Nein, das kann nicht sein, oder? Du bist mein Vater?«, fragte er und ein komischer Ton kam aus seiner Kehle, der sich fast wie ein Lachen anhörte, doch Franco lachte nicht.

»Ja, mein Sohn, Paul Krämer ist dein Vater. Daran gibt es keinen Zweifel«, erklärte Caterina mit festem Ton. Sie griff erneut nach Pauls Hand und er drückte sie fest. Ihre Haut nach der langen Zeit zu berühren, weckten Erinnerungen und Verlangen in ihm, das er schon lange nicht mehr gespürt hatte.

»Aber, das würde ja bedeuten ... dass Franco mein Halbbruder ist«, sagte Mathilda leise. »Papa, warum hast du mir nie erzählt, dass ich einen Bruder habe?« Ihre Stimme klang anklagend, denn sie schien von der ganzen Situation genauso überfahren, wie alle an diesem Tisch.

»Weil ich es ihm verboten hatte«, sagte Caterina. »Ich war mit einem Mann verheiratet, der niemals erfahren durfte, dass ich ein Verhältnis mit einem anderen Mann hatte. Francesco ist sehr aufbrausend und er hätte mich vermutlich totgeschlagen, wäre er dahinter gekommen.«

»Aber er hat es erfahren«, sagte Luca.

Caterina nickte. »Ja, und das Resultat siehst du, Luca.« Sie deutete auf ihre Brille. »Wir waren mit dem Auto unterwegs und haben deswegen gestritten. Francesco verlor die Gewalt über seinen Wagen, weil er viel zu schnell fuhr. Es kam zu einem Unfall und ich verlor nicht nur mein Augenlicht, sondern auch meinen Ehemann.«

»Das ist ja schrecklich. Wie konnte er Sie alleine lassen?«, fragte Mathilda schockiert.

»Du kennst Francesco nicht«, murmelte Luca leise.

»Ich war froh, ihn endlich los zu sein. Er hat nicht nur mich verlassen, sondern Francos Ehefrau gleich mitgenommen, denn die beiden hatten ein Verhältnis hinter Francos und meinem

Rücken. Seitdem geht es uns allen besser«, erklärte Caterina und Franco nickte zustimmend, wohl nicht in der Lage, etwas zu sagen.

»Und du hast mit diesem Mann gearbeitet und wolltest auch noch seine Tochter heiraten?«, fragte Mathilda entsetzt und konnte das Gehörte kaum glauben. Immer wieder schüttelte sie den Kopf.

Nervös zupfte Luca an den Ärmeln seines Hemdes. »Keine Ahnung, was ich mir dabei gedacht habe. Aber ich habe noch vorher die Kurve bekommen«, gab er kleinlaut zu.

»Aurora und Francesco hätten dich zugrunde gerichtet. Du kannst froh sein, dass du die Verbindung gekappt hast, Luca«, Caterina lächelte milde, »als Franco mir davon erzählte, habe ich Gott für diese Fügung gedankt und in der Kirche eine Kerze angezündet.«

»Entschuldigt, aber ich muss jetzt wirklich in die Küche.« Franco erhob sich und verschwand ohne ein weiteres Wort.

»Das ist sicher ein Schock für Franco«, sagte Paul leise.

»Es tut mir leid, vielleicht hätte ich ihn besser darauf vorbereiten müssen«, sagte Caterina betreten.

»Ich werde später mit ihm sprechen. Es gibt bestimmt Fragen, die wir zu klären haben.« Paul sah dabei Mathilda an.

»Ich habe ein Foto von euch in einem Fotoalbum gefunden«, erzählte Mathilda, die endlich das Besteck aufnahm und ein wenig von den Cannelloni aß.

Auch die anderen nahmen endlich das Besteck zur Hand, was die allgemeine Stimmung ein wenig hob, auch wenn alle nicht wirklich hungrig waren.

»Wie geht es dir, Paul?«, fragte Caterina, die präzise mit Löffel und Gabel umgehen konnte, sodass es kaum auffiel, dass sie ihr Augenlicht verloren hatte.

»Ich hatte vor mehr als einer Woche einen kleinen Zusammenbruch. Ich arbeite wohl zu viel, daher hat Mathilda mich quasi genötigt, mit nach Portofino zu kommen. Ich war vorhin in dem kleinen Andenkenladen, aber man konnte sich nicht an dich erinnern.«

»Nein, dort arbeite ich schon lange nicht mehr. Ich habe nach Francos Geburt ein kleines Lokal eröffnet und als er soweit war, hat er dieses Restaurant daraus gemacht.« Aus Caterinas Stimme war herauszuhören, wie viel ihr das bedeutete.

»Du musst sehr stolz auf ihn sein«, vermutete Paul, der kaum etwas aß, sondern immer noch damit beschäftigt war, Caterina anzusehen.

»Ja, das siehst du richtig. Er ist mein ein und alles. Und ich denke, wenn du ihn besser kennenlernst, wirst du auch sehr stolz auf deinen Sohn sein.«

Paul lehnte sich auf seinem Stuhl zurück. Er konnte es immer noch nicht fassen. Wie sehr hatte er gehofft, wenigstens einen Blick auf seinen Sohn werfen zu können, und nun saß er hier, in dessen Restaurant, und hatte ihn getroffen, ohne zu wissen, wer er wirklich war.

»Vielleicht ist das der Augenblick, um etwas Stärkeres zu trinken«, erklärte Luca und winkte dem Kellner. »Wir hätten gerne vier Grappa«, rief er und Mathilda stöhnte leise auf.

Kapitel 24

Noch bevor die Hauptspeise kam, erhob sich Mathilda und entschuldigte sich. Sie wollte zur Toilette, um in Ruhe einmal durchzuatmen, doch dann sah sie die Tür, die in die Küche führte und trat ohne Erlaubnis einfach ein.

Hier herrschte helle Aufregung. Mehrere Köche riefen wild durcheinander, während Franco Anweisungen bellte. Als er sie an der Tür entdeckte, blickte er sie an.

»Paolo, übernimm bitte die Küche«, rief er einem Angestellten zu.

»Ja, Chef!«

Franco nahm Mathildas Hand und zog sie durch eine Hintertür nach draußen. Hier zündete er sich eine Zigarette an und bot sie ihr an, doch Mathilda schüttelte den Kopf.

»Danke, aber ich rauche nicht.«

Er packte die Lucky Strikes wieder in seine Hosentasche und pustete den Dampf in den dunklen Himmel. »Das ist alles verrückt, oder?«

»Das ist das Leben. Ich habe nicht gewusst, dass Paul deine Mutter kennt. Er hat nie ein Wort darüber verloren. Ich denke mal, dass selbst meine Mutter nicht wusste, dass Paul einen Sohn hat.«

»Wie hätte sie reagiert, wenn sie es erfahren hätte?«, wollte Franco wissen.

»Ich denke, sie hätte dich in der Familie willkommen geheißen. Sie war ein gutmütiger Mensch und offen für alles.«

»Dann bist du ihr sehr ähnlich«, befand er.

»Ja, vermutlich. Ich kann immer noch nicht verstehen, wie Luca sich in Aurora verlieben und mit einem Menschen wie Francesco arbeiten konnte.« Sie schüttelte ungläubig den Kopf.

»Wirf ihm das nicht vor. Aurora hat ein sehr einnehmendes Wesen, sie weiß, wie sie Menschen um den kleinen Finger wickeln muss. Francesco hat Luca immer gefördert. Aber es zählt doch letztendlich nur, dass er es geschafft hat, sich von ihnen zu lösen und der guten Seite der Macht zuzuwenden.« Franco grinste und zog an der Zigarette, deren Glut hell aufleuchtete.

»Weißt du was?«, fragte Mathilda kurze Zeit später. »Ich bin sehr froh, einen Bruder zu haben. Das habe ich mir eigentlich immer sehr gewünscht und ich bin noch stolzer, dass du es bist. Einen Bruder zu haben, der so kochen kann, das kann nur ein gutes Ende nehmen.« Sie lachte auf.

»Weißt du, dass ich neidisch auf Luca war, weil du dich in ihn verliebt hast? Aber jetzt kann ich dich lieben, ohne Konkurrenz zu fürchten, denn du bist meine Schwester und das ist viel mehr wert.« Er zog sie sanft in seine Arme und drückte sie, küsste ihre Stirn.

Nach dem Essen verabschiedeten sich Luca und Mathilda, damit sie Paul und Caterina ein wenig Privatsphäre geben konnten. Er hatte eine Menge Dinge mit Caterina zu besprechen und Paul war den beiden sehr dankbar dafür.

Caterina bat Paul, sie in ihre kleine Wohnung zu begleiten, die über dem Lokal lag. Sie schaffte die Treppe ganz allein und ließen sich in der kleinen Küche nieder.

»Möchtest du einen Kaffee trinken?«, fragte sie.

»Ja, gerne.« Als Caterina sich erheben wollte, hielt Paul sie auf. »Warte, ich übernehme das.«

Sie wollte schon Einspruch erheben, doch er berührte sanft ihren Arm. »Caterina, bitte lass mich etwas für dich tun. Es bereitet mir große Freude. Gib meinen Händen etwas zu tun, denn sie zittern unglaublich. Nicht, dass ich glaube, du könntest das nicht, sondern ich muss etwas zu tun haben. Ich hatte wirklich Angst, dass ich zu spät kommen würde«, erklärte er und sie nickte, ließ sich wieder auf ihrem Stuhl nieder und horchte nach den Geräuschen, die er verursachte. Während der Kaffee durchlief, unterhielten sie sich darüber, wie ihre Leben verlaufen waren. Paul erzählte von Mathilda und ihrer Kindheit, dem Tod seiner Frau, von seiner Arbeit als Architekt und dem Zusammenbruch, den er erlitten hatte.

Caterina berichtete viel von Franco, ein wenig von Aurora, aber Francesco erwähnte sie nicht, daher fragte Paul direkt danach, als sie am Tisch zusammensaßen und den heißen Kaffee tranken.

»Er hat dich nicht gut behandelt, oder?«

Sie schüttelte den Kopf. »Nein und Franco auch nicht, als hätte er immer gespürt, dass er nicht sein Sohn ist. Ich habe Franco mit Liebe überschüttet und er hat dein feines Wesen. Er ist dir wirklich sehr ähnlich, Paul. Ich habe immer dich in ihm gesehen. Sein Haar ist nicht schwarz, sondern braun, wie bei dir ... Wie lange wirst du in Portofino bleiben? Ich hoffe nicht, dass du schon bald wieder gehen musst. Ich kann mir vorstellen, dass

Franco dich gerne besser kennenlernen möchte. Er wird Fragen haben.«

Paul griff nach ihrer Hand und drückte sie. »Nein, so schnell werde ich nicht gehen. Der Arzt hat mir eine Zwangspause verordnet und ich werde hier ein Grundstück kaufen. Vielleicht lasse ich mich sogar ganz hier nieder.« Bevor er diese Worte aussprach, war ihm gar nicht klar gewesen, dass er überhaupt daran dachte, ganz nach Portofino zu ziehen. Für wie verrückt hatte er doch die Idee gehalten, als Mathilda ihm davon erzählt hatte, doch nun sah die Lage ganz anders aus. »Ich hatte eine Familie in Frankfurt, doch ich habe sie verloren. Jetzt habe ich eine in Portofino gefunden. Es tut mir leid, Caterina, ich habe wirklich versucht, mich von diesem Ort fernzuhalten, mich von dir fernzuhalten, aber es gelingt mir einfach nicht.«

»Oh Paul, es war nicht richtig, das alles von dir zu verlangen. Ich hätte dir nicht verbieten dürfen, nach Portofino zu kommen.« Sie hob die Hand, berührte seine Wange. »Ich habe zwar mein Augenlicht verloren, zumindest den größten Teil davon, aber ich habe gelernt, mit den Händen zu sehen. Darf ich dein Gesicht berühren?«

Paul lächelte und nahm ihre beiden Hände, führte sie an sein Gesicht, rückte näher an sie heran. »Natürlich. Du bist immer noch so wunderschön«, murmelte er, »während ich ein alter Mann geworden bin. Mein Haar ist ganz weiß und ich trage jetzt einen kurzen Bart. Ich war das tägliche Rasieren leid.« Er grinste.

»Du bist immer noch gut aussehend. Ich mag deinen Mund, diese kleinen Lachfältchen hier und hier.« Sie streichelte sein Gesicht, berührte seine Augen, die er schloss. »Für mich wirst du immer der junge Mann von dreißig sein. Ich sehe dich, wie du auf mich gewartet hast, wie du gelächelt hast, wie du mich angesehen hast, als wir uns liebten.« Sie flüsterte und ihre Stimme hörte sich ganz rau an.

Paul räusperte sich. »Darf ich dir deine Brille abnehmen?«

»Ich trage sie nur, weil ich mich dann irgendwie sicherer fühle«, erklärte Caterina und nahm die schwarze Sonnenbrille ab.

Sie blickte ihn an und ihre Augen sahen ganz normal aus, auch wenn sie nichts sehen konnte.

»Was ist mit deinen Augen? Franco hat etwas von einer Operation erzählt.«

Caterina nickte. »Ja, es gibt eine fünfzigprozentige Chance, dass ich wieder sehen kann. Aber ich habe es immer abgelehnt. Für mich bedeutet es die Strafe für das, was ich getan hatte. Meinen Ehemann zu betrügen, dich von hier fernzuhalten, Franco seines Vaters zu berauben. Es kommt mir wie eine gerechte Buße vor.«

Paul erhob sich so abrupt, dass sein Stuhl über die Fliesen schabte und ging vor Caterina in die Hocke, ergriff ihre Hände und drückte sie zärtlich. »Caterina, nein! Du verdienst keine Strafe. Du verdienst alle Liebe dieser Welt. Ich habe dich immer geliebt und wenn du mich auch noch nur ein wenig liebst, dann wirst du diese Operation zulassen. Ich werde dir beistehen, von jetzt an in jeder Sekunde deines Lebens. Ab sofort bin ich für dich da, so wie es von Anfang an sein sollte.«

Caterina griff nach seinen Händen, küsste sie liebevoll. »Paul, es ist alles in Ordnung. Lass es gut sein, so wie es ist.«

Kapitel 25

Luca war am frühen Morgen nach Genua gefahren, um sich um die Auflösung seiner Wohnung dort zu kümmern. Aurora hatte Wort gehalten und die wenigen Dinge, die sich in ihrem Appartement befanden, ihm per Boten zugesandt. Sie hatte ihm die Kosten dafür aufgebürdet, was Luca ohne mit der Wimper zu zucken übernommen hatte. Nun war seine Wohnung dran und Mathilda hoffte, dass er noch am gleichen Tag zurückkehren würde. Sie hatte kein gutes Gefühl dabei, Luca nach Genua fahren zu lassen.

Sie saß mit Paul auf der Terrasse, nachdem sie dort gefrühstückt hatten. Sie stellte Farbskalen zusammen, während Paul sich den Bauplan des Hauses ansah. Luca hatte ihn in Alfredos Unterlagen gefunden.

»Wenn wir hier einen Durchbruch machen, könnte man das Esszimmer mit dem Wohnzimmer verbinden, so würdet ihr aus zwei kleinen Räumen einen großen machen«, murmelte Paul, immer noch in dem Plan vertieft.

Mathilda sah ihren Vater an, ohne etwas zu sagen und lächelte. Erst als er zu ihr aufblickte, weil er wohl ihren Blick spürte, sagte sie: »Wer hätte noch vor einem Monat gedacht, dass du dir Gedanken über Umbauten in Portofino machen würdest?«

»Ja, es hat sich einiges verändert«, gab er zu.

»Paul, hättest du mir je von Franco erzählt? Warum hast du nie erwähnt, dass du einen Sohn hast?« Diese Fragen brannten ihr seit gestern Abend auf der Seele.

Paul lehnte sich seufzend zurück. »Ich hatte Caterina das Versprechen gegeben, nie wieder nach Portofino zurückzukehren. Sie bat mich, keinen Anteil am Leben unseres Kindes zu haben, ihn zu vergessen. Ich habe ihrer Bitte entsprochen, so gut ich konnte. Doch vergessen, dass ich einen Sohn habe, konnte ich nicht.«

»Wusste Mama davon?«

Er nickte. »Ja, ich habe es ihr erzählt, noch bevor wir heirateten. Ich habe es ihr erzählt und darum gebeten, nie wieder ein Wort darüber zu verlieren. Sie hat sich bis zu ihrem Tod daran gehalten. Wenn ich gewusst hätte, wie sehr Caterina und Franco unter diesem Mann gelitten haben, wäre ich eher zurückgekommen, das kannst du mir glauben.« Mathilda sah eine Träne in Pauls Augenwinkel glitzern.

»Es hat sich zum Guten gefügt«, sagte sie leise. »Manche Geschichten gehen eben gut aus.«

Er nickte, nahm seine Brille ab und wischte über seine Augen. »Ja, manchmal geschieht eben doch noch Wunder.«

Mathilda biss sich auf die Unterlippe und Paul blickte sie fragend an. »Was ist los mein Kind? Wenn du in dieser Stimmung bist, wittere ich nichts Gutes.«

»Ich mache mir Gedanken um Luca. Er ist zurück nach Genua, um seine Wohnung aufzulösen. Ich weiß auch nicht, aber ich habe kein gutes Gefühl dabei.«

»Willst du zu ihm? Ich meine, er könnte bestimmt etwas Hilfe gebrauchen.« Paul zog eine Augenbraue in die Höhe. »Eine Nacht ohne deinen Vater in der Nähe würde Euch doch bestimmt gefallen.« Er grinste breit und Mathilda erhob sich schwungvoll.

»Du kommst klar?«, hielt sie noch kurz inne.

»Natürlich, mein Kind. Ich glaube, ich werde heute meinen Sohn besuchen.« Er zwinkerte ihr zu und ein Lächeln stahl sich auf sein Gesicht.

Luce hatte ein kleines Appartement in der Innenstadt von Genua bewohnt. Es gab hier nicht viel, was er einpacken musste, da er die meiste Zeit bei Aurora verbracht hatte. Das Klopfen an der Tür ließ ihn aufhorchen. Es klopfte erneut und er machte sich auf den Weg, um zu öffnen.

Erstaunt schaute er in das Gesicht seiner Besucherin. »Was machst du hier?«, wollte er überrascht wissen.

»Ich will mich persönlich davon überzeugen, dass du es ernst meinst.« Aurora drängte sich an ihm vorbei, in die Wohnung.

»Ich habe dich nicht hereingebeten. Woher weißt du eigentlich, dass ich hier bin?«

»Der Hausmeister war schon immer ein Fan von mir«, erklärte sie und zog ihre Lederjacke aus.

»Du kannst nicht bleiben, ich habe keine Zeit für dich, Aurora, bitte geh jetzt wieder.«

Ohne auf seine Worte zu achten, ging sie ins Schlafzimmer. Dort standen seine gepackten Koffer, er war gerade dabei, den Rest in eine Reisetasche zu packen.

»Das ist doch wohl nicht wahr, dass du dich mit dieser Deutschen eingelassen hast. Hast du vergessen, welche unglaublichen Nächte wir verbracht haben?«, fragte sie und zog einen Schmollmund.

»Du scheinst zu vergessen, dass das schon eine ganze Weile

her ist. Du hast selbst die Verlobung gelöst.« Er schritt an ihr vorbei, um die Reisetasche zu Ende zu packen.

»Und wenn ich dir sage, dass es mir leidtut? Dass ich dich noch immer liebe?« Ihre Stimme klang verführerisch, doch Luca ging nicht auf ihre Worte ein. Es war nur ein Trick von ihr und das wusste er.

»Es ist zu spät, Aurora. Ich liebe dich nicht, das ist mir klar geworden.«

»Und diese Mathilda, die liebst du, ja!«, schrie sie aufgebracht und trat auf ihn zu. »Sieh mich gefälligst an, wenn ich mit dir spreche. Warum wirfst du unser ganzes Leben weg? Wegen so einer tedesca?«

Oh, wie er dieses Theater hasste. Aurora war gut darin, aus einer Fliege einen Elefanten zu machen und jetzt, wo ihr bewusst war, dass sie Luca für immer verloren hatte, war sie nicht bereit, aufzugeben. Sie wollte gewinnen, egal unter welchen Bedingungen.

»Du hast mir noch nie widerstehen können, Luca.« Sie drehte ihn zu sich und legte ihre Hände um seinen Nacken, drückte ihm einen Kuss auf seinen Hals. »Du warst immer Wachs in meinen Händen. Du gehörst mir, mir ganz allein.« Als sie ihn küssen wollte, drehte Luca den Kopf zur Seite.

»Nein, du irrst dich. Ich habe dir niemals gehört. Du bist ein Mensch ohne Empathie, ohne Gewissen und ganz gestimmt ohne Herz. Wie könnte ich so einen Menschen lieben?«

Bei seinen harten Worten begann Aurora zu lachen. Wenn er sie damit verletzte, so zeigte sie es jedoch nicht. Erneut klopfte es an der Tür.

»Verdammt, was ist denn heute hier los?«, fluchte Luca, machte sich frei und ging zur Tür.

Er öffnete und sah Mathilda vor sich.

»Mathilda!«, rief er überrascht aus. »Woher weißt du, wo ich wohne?«

»Ich habe einen Bruder, der weiß, wo du wohnst«, sagte sie mit einem Lächeln auf den Lippen. »Willst du mich nicht hereinbitten?«

»Ja, Luca, willst du sie nicht hereinlassen?« Die Tür wurde weiter aufgeschoben und Aurora wurde sichtbar, nur mit Dessous bekleidet. Sie sah atemberaubend aus, mit ihrem knappen String, BH und den High Heels. »Vielleicht hat sie ja Lust mitzumachen? Lust auf einen Dreier, cara?«, fragte sie an Mathilda gewandt.

Luca blickte von einer zur anderen, sprachlos.

»Luca?«, kam aus Mathildas Mund, zu mehr war sie nicht in der Lage.

»Zisch ab, du bist hier überflüssig. Hast du wirklich geglaubt, Luca will dich? Das einzige, woran er interessiert ist, dir dein Erbe abzunehmen, ohne etwas dafür bezahlen zu müssen«, rief Aurora und lachte gehässig auf. Im gleichen Augenblick drehte sich Mathilda um und flüchtete die Treppe hinunter.

»Mathilda, so warte doch.« Endlich rührte sich Luca.

Auf der Treppe wandte sich Mathilda zu ihm um. »Du hast da etwas an deinem Hals, ich denke, es ist Lippenstift.« Dann waren nur noch ihre schnellen Schritte zu hören, die dem Ausgang entgegenliefen.

Kapitel 26

Mathilda versuchte sich zu beruhigen, was gar nicht so einfach war, denn die Italiener fuhren wie die Verrückten durch die Straßen Genuas, ihrer Meinung nach. Sie brauchte knapp fünfundvierzig Minuten bis nach Portofino. Am liebsten wäre sie sofort zur Villa gefahren, um ihre Sachen zu packen, doch sie musste erst einmal runterkommen.

Sie lief die Straße zum Dorf hinunter. Auf dem Weg begegneten ihr drei Frauen, die sie anlächelten.

»Buon giorno«, grüßte Mathilda.

»Buon giorno, Mathilda«, riefen die Frauen unisono.

»Verzeihung, kennen wir uns?«, fragte Mathilda erstaunt.

»Nein, aber wir kennen Sie, Gott beschütze Sie, Mathilda!«, rief die ältere Frau.

Trotz ihrer Wut musste Mathilda lächeln. Sie lief ziellos durch die Gassen, betrat eine edle Boutique.

»Darf ich Ihnen behilflich sein?«, fragte eine Verkäuferin.

»Nein, danke. Ich weiß selbst nicht, wonach ich suche«, erklärte sie unsicher.

»Sie sind Mathilda, nicht wahr?«

Mathilda seufzte. »Ist das so offensichtlich?«

Die Verkäuferin lächelte. »In einem Dorf mit nicht mal fünfhundert Einwohnern verbreiten sich Neuigkeiten wie ein Lauffeuer. Kommen Sie, lassen Sie uns einen Espresso trinken, oder möchten Sie lieber einen Cappuccino?«

Zuerst wollte Mathilda ablehnen, doch dann besann sie sich. »Ein Cappuccino wäre wundervoll.«

»Ich bin übrigens Valeria.« Sie reichte Mathilda ein Glas mit dem Kaffee. »Wie man hört, haben Sie die Villa von Alfredo geerbt. Zusammen mit Luca.«

Sie hatten es sich in der Besucherecke gemütlich gemacht. »Sie kennen Luca?«, frage Mathilda. Sie wäre nicht überrascht.

»Ja, wir sind zusammen zur Schule gegangen. So wie Franco und andere. Man munkelt, dass sie beide heiraten werden.« Valeria sah sie bewundernd an.

»Oh nein. Dazu wird es wohl nicht kommen«, winkte Mathilda ab und trank.

»Aber sie haben das Erbe angenommen. Sie werden doch hier in Portofino wohnen, jetzt wo Ihr Vater das alte Gartenhaus wieder aufbauen wird.«

»Wie bitte?« Mathilda traute ihren Ohren nicht.

»Oh, bitte entschuldigen Sie, vielleicht ist es auch nur ein Gerücht. Die verbreiten sich hier schneller, als man laufen kann. Ich würde mich auf jeden Fall sehr freuen, wenn Sie hierblieben. Das Dorf kann frisches Blut gut gebrauchen. Oh Gott, jetzt höre ich mich schon an, als wären Sie in ein Vampirnest geraten.« Sie lachte und es war ansteckend, dass Mathilda mit einstimmte. Sie mochte Valeria.

»Wollen wir uns nicht duzen?«, schlug Mathilda vor und Valeria stimmte strahlend zu. »Was wolltest du eigentlich hier?«

»Oh, ich habe da im Schaufenster diese gelbe Handtasche gesehen ...«

»Ja, ist sie nicht wunderschön, und dazu ein Einzelstück.

Wenn du sie haben möchtest, gebe ich dir zehn Prozent Rabatt, du gehörst ja jetzt zu uns.«

Hatte Mathilda noch vor einer halben Stunde beschlossen, Portofino den Rücken zu kehren und das Erbe einfach Luca zu überlassen, so war jetzt ihr Kampfgeist erwacht. Sollte Luca doch mit dieser Furie von Aurora glücklich werden. Sie würde ganz sicher nicht auf ihr Erbe verzichten und würde es sich auch ganz bestimmt nicht abjagen lassen. Wenn Luca sich mit ihr anlegen wollte, gerne. Er hatte sie noch nicht erlebt, wenn sie für etwas kämpfte, das ihr gehörte.

Sie lief die Via Roma hinunter, Richtung Hafen, steuerte das *Franco* an. Paul saß mit ihrem Bruder draußen an einem Tisch und trank Kaffee, sie schienen sich gut zu unterhalten.

»Mathilda! Was machst du hier? Ich dachte, du bist in Genua?«, rief ihr Vater verblüfft.

»Wie viel ist die Villa inklusive des Grundstücks wert?«, fragte sie laut, statt einer Antwort.

»Mathilda, komm und setz dich zu uns.« Franco küsste ihre Wangen und zog ihr einen Stuhl heran.

»Also, Papa, sag schon. Was ist das alles wert?« Paul schaute zum Hang und hob die Schultern. »Die Grundstückspreise sind in letzter Zeit gestiegen. Dass nicht mehr gebaut werden darf, treibt die Preise noch mehr an. Also, wenn ich schätzen müsste, würde ich es locker mit fünf Millionen Euro bewerten.«

Mathilda nickte. »Gut, kannst du mir zwei Mille leihen?«

Paul, der gerade an seiner Tasse nippte, verschluckte sich. »Was? Warum brauchst du so viel Geld?«

»Fünfhunderttausend habe ich selbst, wenn ich meine Aktien verkaufe, dann fehlen mir noch zwei Millionen. Ich will Luca auszahlen.«

Die Männer warfen sich erstaunte Blicke zu und mussten diese Nachricht erst einmal verarbeiten.

»Was hat Luca getan?«, wollte Franco wissen.

»Er hat mich nach allen Regeln der Kunst verarscht. Die ganze Zeit ist es ihm nur um das Erbe gegangen. Dieses ganze Gerede von Liebe und dass wir uns endlich gefunden haben, ist alles erstunken und erlogen. Ich habe ihn heute mit Aurora erwischt. Die beiden machen gemeinsame Sache, um an den Anteil meines Erbes zu kommen«, ließ sie die Bombe platzen.

»Bist du dir da ganz sicher?«, fragte Paul.

Und auch Franco schüttelte den Kopf. »Nein, das kann ich nicht glauben«, murmelte er. »Das hört sich nicht nach Luca an, sondern eher nach Aurora.«

»Na, dann kennst du vielleicht deinen besten Freund nicht so gut, wie du denkst«, meinte sie giftig.

»Möchtest du etwas trinken?«, fragte Franco.

Mathilda blicke auf ihre Armbanduhr. Gerade mal fünf nach zwölf. »Zum Glück schon Mittag. Ja, ich hätte gerne etwas Alkoholisches.«

»Paolo, drei Grappa!«, rief Franco dem Kellner zu und hielt drei Finger in die Höhe.

»Was macht ihr hier eigentlich?«, fragte sie neugierig.

»Ich habe Franco erklärt, warum ich bisher keinen Kontakt zu ihm aufgenommen habe, aber Caterina ist mir zuvorgekommen und hat Franco erklärt, was alles schiefgelaufen ist. Ich möchte meinen Sohn jetzt richtig kennenlernen.«

»Und ich bin froh, endlich zu wissen, wer mein Vater ist. Das Leben verläuft selten gradlinig, manchmal macht es eine Biegung, oder nimmt eine Abkürzung, doch letztendlich bringt es uns ans Ziel. Ich bin froh, dass ihr in Portofino bleiben werdet. Und wir sollten auf Alfredo trinken, der das alles ins Rollen gebracht hat.«

Kapitel 27

Mathilda blickte auf die fünf Gläser, die vor ihr auf dem Tisch standen. Nach dem zweiten Grappa war sie dann auf Ramazzotti umgestiegen. Nun war ihr schlecht.

»Ich glaube, ich sollte etwas essen«, sagte sie und bekam einen Schluckauf.

»Wie wäre es mit einem Kalbssteak? Ich habe heute frische bekommen. Du solltest etwas essen mit viel Volumen«, sagte Franco und erhob sich. »Du passt auf sie auf?«, fragte er Paul.

»Natürlich. In diesem Zustand lasse ich sie nicht allein.«

»Ich bin alt genug. Ich brauche keinen Aufpasser«, erklärte Mathilda beleidigt und sobald Franco außer Sicht war, sah sie ihren Vater ernst an. »Kannst du mir das Geld leihen?«

Er schüttelte bedauernd den Kopf. »Es tut mir leid, mein Kind. Aber es geht nicht.«

»Und warum nicht?« Sie wusste, dass ihr Vater eine Menge Geld besaß.

»Weil ich gerade erst ein Grundstück hier in Portofino gekauft habe«, gab er zu.

»Dann stimmt es also, was man sich erzählt, dass du das Grundstück von Luca gekauft hast?«

»Ich habe es dir und Luca abgekauft«, verbesserte er sie.

»Ohne mit mir zu sprechen? Warum hast du das getan?«

»Weil ich euer Projekt unterstützten wollte und ich dir auch etwas vererben will. Wenn ich mal das Zeitliche segne, wird es an dich zurückfallen und nur an dich.«

»Du vergisst, dass du jetzt auch einen Sohn hast«, bemerkte Mathilda spitz.

»Es wird genug Geld übrig bleiben, das ich Franco vererben kann, wenn ich meine Firma in Deutschland verkauft habe. Aber ich habe nicht so viel Geld, damit du Luca ausbezahlen kannst.« Er sah sie mitleidig an.

»Er wollte mir weismachen, dass es mehr als zehn Millionen wert ist. Er ist ein Betrüger.« Sie schniefte und plötzlich kamen ihr die Tränen. In ihrer neuen gelben Handtasche kramte sie nach einem Taschentuch. Sie hatte die neue Tasche direkt mit dem Inhalt ihrer alten bestückt und gut gelaunt den Laden von Valeria verlassen. Nun sah alles ganz anders aus.

Es dauerte nicht lange, bis Franco mit ihrem Essen zurückkehrte. »Hier, iss etwas, sonst kippst du uns noch aus den Schuhen.« Franco sah sie besorgt an.

»Danke, aber ich kann nichts essen«, murmelte sie, obwohl es einfach nur fantastisch duftete. Letztendlich griff sie doch zu Messer und Gabel und aß die Saltimbocca.

»Es hat nicht nur Vorteile, wenn man plötzlich einen Bruder hat, der ein Sternekoch ist, ich werde bis Ende des Jahres vermutlich zehn Kilo zugenommen haben«, erklärte Mathilda mit vollem Mund. »Mein Gott, ist das gut. Warum isst du nichts, Papa?«

»Ich habe schon«, erklärte er und grinste. »Ich habe mit Caterina gegessen. Sie hat sich jetzt ein wenig hingelegt. Ich will später mit ihr zu dem Grundstück.«

»Du hättest es mir erzählen müssen, Papa«, sagte sie und

fuchtelte mit dem Messer herum, bis Franco es ihr aus der Hand nahm.

»Ich glaube, du bist fertig.«

»Fix und fertig«, murmelte sie.

Als sie aufblickte, glaubte sie zuerst an eine Täuschung. Vielleicht stand die Sonne zu hoch an Himmel und sie hatte einen Sonnenstich. Aber so wie es aussah, kam Luca geradewegs auf ihren Tisch zu.

»Oh Gott! Ich muss hier weg«, murmelte Mathilda und wollte sich erheben, doch Paul hielt ihre Hand fest.

»Bleib hier«, wies Paul sie ernst an.

»Dann brauche ich noch etwas zu trinken.« Sie ergriff Pauls Weinglas und trank es in einem Zug aus.

»Wenn das so weitergeht, wird es mit Mathilda noch schlimm enden«, erklärte Franco und musterte Luca mit ernstem Blick.

»Bruder, was immer Mathilda erzählt hat, es ist nicht die Wahrheit«, versuchte Luca, die Situation zu klären.

»Du stellst mich also als Lügnerin hin?«, rief sie erbost.

»Nein, cara, natürlich nicht. Nur hast du die Lage vollkommen falsch eingeschätzt.«

»Was ist an einer nackten Aurora falsch zu verstehen? Und nenn mich nicht cara«, rief sie aufgebracht.

»Mathilda, bitte, sei etwas leiser, die Leute schauen schon.« Paul drückte ihre Hand. Er wollte ihr zeigen, dass er auf ihrer Seite war, sie aber auch vor einem Fehler bewahren.

»Es wissen ja ohnehin alle Bewohner in Portofino, was abgeht. In diesem Dorf bleibt nichts geheim.« Sie wedelte aufgeregt mit den Händen.

»Aurora hat mir eine Falle gestellt. Sie hat einfach ihre Kleidung ausgezogen und es so aussehen lassen, als hätten wir noch etwas miteinander«, versuchte Luca, die Situation zu klären. »Sobald Mathilda weg war, habe ich sie aus der Wohnung geschmissen. Sie ist eine falsche Schlange und Mathilda, ich bitte dich, lass dich nicht von ihrem Schauspiel beeindrucken. Du kennst mich, ich liebe dich und würde dir nie so etwas antun.« Er blickte Mathilda an, schien die beiden Männer vollkommen auszublenden.

»Du hast dieser Frau einen Glasring geschenkt, kein Wunder, dass sie sich rächen will. Außerdem kenne ich dich gerade mal einige Tage.« Mathilda zeigte mit dem Finger auf Luca.

»Sie hat ein wenig zu viel getrunken«, erklärte Paul ihr Verhalten.

»Schon wieder?«, fragte Luca verblüfft.

»Sie verträgt eben nichts. Mathilda hat früher nie viel Alkohol getrunken.« Paul sah besorgt aus.

»Siehst du, ich sag doch, dass Luca einen schlechten Einfluss auf mich hat«, rief sie wieder laut.

»Was hast du nur angestellt?«, fragte Franco, und schüttelte den Kopf.

»Ich hätte mich nie mit deiner Schwester einlassen dürfen«, rief nun auch Luca laut.

Franco grinste. »Von welcher Schwester sprichst du jetzt?«

»Oh Gott!« Luca schlug sich gegen die Stirn. »Ich glaube, ich brauche auch etwas zu trinken. Kann ich ein Bier haben?«

»Vielleicht sollte wenigstens einer von euch einen klaren Kopf behalten«, meinte Franco, winkte aber Paolo, dass er noch eine Runde bringen sollte. »Wenn das so weitergeht, werde ich heute wohl die Küche schließen müssen.«

»Ich werde jetzt gehen«, verlautbarte Mathilda und wollte sich erheben, doch Luca hielt sie zurück.

»Bitte, warte, cara. Ich habe noch etwas für dich.« Er kramte etwas aus seiner Hose, öffnete eine kleine rote Schachtel und ging vor ihr in die Knie. »Ich weiß, dass du sehr böse auf mich bist. Vielleicht auch zurecht, weil ich Aurora überhaupt in die

Wohnung gelassen habe, aber ich schwöre beim Leben unserer ungeborenen Kinder, dass nichts zwischen ihr und mir geschehen ist, außer uns böse Worte an den Kopf zu werfen. Ich liebe nur dich und möchte dich vor Zeugen fragen, ob du meine Frau werden willst, denn ich weiß nicht, ob du dich an deine Antwort erinnern kannst, wenn du wieder nüchtern bist?« Er holte hektisch Atem, klappte die Schatulle auf und hielt sie Mathilda entgegen.

Mit offenem Mund starrte sie erst auf den Ring, der ihr funkelnd entgegenblitzte, dann zu Paul und Franco. »Er hat Aurora einen Glasring geschenkt«, flüsterte sie sehr laut.

»Also dieser sieht ziemlich echt aus«, urteilte Franco anerkennend.

»Natürlich ist er echt. Ich habe ihn vorhin erst bei einem Juwelier gekauft«, sagte Luca gereizt.

»Vielleicht solltest du erst mal meinen Vater fragen.« Mathilda schien der Zweikaräter nicht zu beeindrucken.

»Das hat er bereits und ich habe ihm meine Erlaubnis gegeben«, bestätigte Paul gelassen.

»Also, was sagst du, Mathilda? Willst du meine Frau werden?« Er blickte sie so hoffnungsvoll an.

»Ich weiß nicht. Mir wird schlecht«, rief Mathilda und stand hektisch auf, rannte ins Innere des Lokals zur Toilette.

Kapitel 28

»NA KLASSE. Da mache ich meiner Frau einen Heiratsantrag und sie hat nichts Besseres zu tun, als zur Toilette zu rennen, um sich zu übergeben.« Luca legte resigniert den Kopf in den Nacken.

»Mach dir nichts draus. Je eher der Alkohol aus ihrem Körper kommt, umso eher erhältst du eine Antwort auf deine Frage«, meinte Paul und lachte.

»Du hättest es beinah richtig verbockt, das ist dir doch wohl klar.« Franco sah ihn böse an.

»Du kennst doch Aurora und ihre Spielchen und hättest dich schon längst von ihr trennen müssen.« Franco hob sein Weinglas und trank einen Schluck.

»Wer braucht Feinde, wenn man einen Freund wie dich hat«, murmelte Luca und trank einen großen Schluck Bier, das Paolo mittlerweile an den Tisch gebracht hatte. »Sollte ich vielleicht mal nach ihr sehen?« Bevor er die Worte ausgesprochen hatte, kam Mathilda zurück. Ihr Gesicht hatte einen leicht gräulichen Schimmer.

»Ich fühle mich nicht so gut«, sagte sie und hielt sich den Kopf. »Wo ist der Ring?«, fragte sie plötzlich.

»Hier.« Luca sprang auf und hielt ihn ihr entgegen.

»Ich will ... deine Frau werden«, flüsterte sie und schwankte ein wenig.

»Dann bin ich ja beruhigt.« Er schob ihr den Ring über den Finger und war froh, dass er passte, auch wenn er ein wenig eng war.

»Jetzt bring mich nach Hause, mir ist so furchtbar schlecht«, jammerte sie.

»Das werde ich, cara. Und ich werde dafür sorgen, dass du keinen Grund mehr haben wirst, so viel zu trinken«, versprach Luca.

»Warte! Wo ist meine neue Tasche?«, rief Mathilda aufgeregt. »Ich habe mir eine neue Tasche gekauft, weil mich jeder hier im Ort kennt.« Paul reichte ihr die gelbe Tasche und Luca nahm sie verwirrt in die Arme.

»Bring sie sicher nach Hause«, gebot Paul und sah den beiden grinsend hinterher.

Vorsichtig führte Paul Caterina über den Asphalt. Obwohl sie nichts sehen konnte, bewegte sie sich ausgesprochen sicher, als würde sie jeden Stein in Portofino kennen.

»Wie lange liegt der Unfall zurück?«, wollte Paul wissen.

»Sechs Jahre. Paul, du musst dir keine Sorgen machen. Ich habe mich damit abgefunden, es ist alles in Ordnung.«

»Nein, Caterina, ich möchte, dass du mich siehst, dass wir ein gemeinsames Leben haben. Ich werde dir ein Haus bauen, dass du verdient hast.«

Sie lachte leise. »Das hört sich alles so wunderbar an. Wenn mir jemand das vor wenigen Wochen erzählt hätte, dann hätte ich ihn für verrückt erklärt.«

Die Straße stieg langsam an und Paul legte den Arm um

Caterinas Schultern. Das Tor quietschte leise, als er es öffnete und Caterina in den Garten führte. »Sei vorsichtig, der Weg ist uneben, wir laufen über die Wiese.«

Caterina bewegte sich vorsichtig, verließ sich auf Pauls Anweisungen und er genoss es, sie zu berühren und ganz nah an seinem Körper den Weg entlang zu führen.

»Du riechst so vertraut«, sagte sie und lächelte.

»Ist das so? Okay, wir sind da. Hier ist eine Bank, auf der wir niederlassen können.« Er half ihr, sich neben ihn zu setzen.

»Hörst du die Vögel? Stell dir vor, wie sie singen, wenn wir morgens hier aufwachen«, raunte Paul ihr zu.

»Ja, das wäre wundervoll«, bestätigte sie.

»Es wäre noch schöner, wenn du dein Augenlicht wiedererlangst. Ich habe mich informiert und erfahren, dass die Chancen sehr gut stehen. Willst du es dir nicht doch noch einmal überlegen?«, fragte er vorsichtig.

Lange bekam er keine Antwort, dann seufzte sie. »Wie wäre ein: Für dich werde ich es riskieren?«, fragte sie plötzlich.

Er legte den Arm um ihre Schultern, zog sie an seine Brust. »Das ist mehr, als ich erwartet habe und macht mich ungemein glücklich.«

Caterina summte leise vor sich hin.

»Luca hat Mathilda heute einen Heiratsantrag gemacht«, erzählte er und blickte zum Meer.

»Und hat sie ja gesagt?«

»Ja, aber ich weiß nicht, ob sie sich morgen noch daran erinnern kann. Sie hat eine Menge getrunken, weil sie Luca und Aurora in Genua erwischt hat. Aber anscheinend hat Aurora das alles nur arrangiert.«

»Das sieht meiner Tochter ähnlich. Ich weiß nicht, was mit diesem Mädchen los ist. Manchmal glaube ich, sie ist im Krankenhaus verwechselt worden. Aber ihre Boshaftigkeit kommt ganz nach Francesco.« Caterina seufzte leise.

»Ich denke, Luca konnte das richtigstellen.«

»Dann wird es wohl bald eine Hochzeit geben. Ich hoffe, du hast genug auf dem Konto, denn das ganze Dorf wird kommen.«

Paul lachte leise. »Mach dir keine Gedanken. Das werde ich gerade noch stemmen können.« Dann wurde er ernst. »Du wirst dich sicher fragen, warum ich dich hierher gebracht habe, Caterina. Es hat einen Grund, denn wir sind nicht nur hier, um die Ruhe zu genießen, sondern auch, weil ich dich auch etwas fragen will.« Er machte eine Pause.

Caterina fasste sich ans Herz. »Oh Gott, was kommt denn jetzt?«, flüsterte sie.

»Ich mache es kurz. Möchtest du mit mir in das Gartenhaus ziehen, sobald wir es modernisiert haben? Ich weiß, wir kennen uns nicht wirklich, aber das Leben ist zu kurz, um ewig zu warten. Ich liebe dich nach wie vor, Caterina, und möchte den Rest meines Lebens mit dir verbringen. Niemand weiß, wie viel Zeit uns noch bleibt und ich kann mir nichts Schöneres vorstellen.« Er hielt ihre Hände in seinen, streichelte sie zart. Sie sah ihn an und lächelte. Trotz ihres Schicksals hatte sie ihren Lebensmut und die Freude nicht verloren. Er war sich sicher, dass er noch viel von ihr lernen konnte. Sie hatte ihr Los angenommen, sich dem aber nicht ergeben.

»Ja, ich will mit dir leben, Paul. Ich kann mir nichts Schöneres vorstellen.«

»Ist das so?«, fragte Paul atemlos.

»Ja.« Sie lachte. Als Paul seine Lippen auf ihre drückte, verstummte das Lachen und wurde durch ein leises Stöhnen ersetzt.

»Deine Küsse schmecken immer noch verheißungsvoll. Ich habe sie nicht vergessen, deine Küsse. Sie schmecken immer noch so großartig wie vor dreißig Jahre«, flüsterte Caterina an seinen Lippen und streichelte sein Gesicht. »Und ich hatte gedacht, dass du mich fragen würdest, ob ich dich heirate.«

Ihre Worte ließen ihn den Kopf heben. »Würdest du das wollen? Ich meine, nicht dass du denkst, ich möchte es nicht. Ich will es schon so lange, dass ich gar nicht mehr daran glaubte, dass es noch Wirklichkeit werden könnte.« Jetzt war es Paul, der völlig irritiert war.

»Oh Gott, das ist so peinlich. Ich hätte nichts sagen sollen«, stöhnte Caterina auf.

»Nein, mein Liebling, das ist überhaupt nicht peinlich. Es ist die wundervollste Idee, die ich seit Langem gehört habe. Also, dann frage ich dich hiermit ganz offiziell: willst du meine Frau werden?«, fragte Paul mit ernster Stimme und hielt den Atem an. Er fühlte sich wieder, als wäre er dreißig Jahre alt und hatte solche Angst vor der Antwort, dass ihm der Schweiß auf die Stirn trat.

»Das weißt du doch, Paul. Natürlich will ich deine Frau werden. Ich kann es gar nicht abwarten, bis es soweit ist, aber zuerst werden wir Luca und Mathilda unter die Haube bringen.«

Paul berührte den kleinen Silberring, den sie an ihrer rechten Hand trug. »Du hast ihn immer noch?«

»Natürlich und ich habe ihn nicht ein einziges Mal abgenommen. Wie du siehst, brauchst du mir noch nicht mal einen Ring besorgen«, scherzte Caterina, und Paul küsste sie erneut. »Du glaubst doch nicht, dass ich mir das nehmen lasse.«

Kapitel 29

»Cara, wir müssen aufstehen, die Oliven sind reif und müssen geerntet werden.«

Lucas Stimme weckte Mathilda, die sich stöhnend auf den Bauch drehte. »Nein, bitte. Ich will noch schlafen, ich hatte so einen schrecklichen Traum.«

»Was für einen Traum?«, wollte Luca wissen und streichelte über ihren Rücken.

»Du hast mich mit dieser schrecklichen Aurora betrogen und ich habe euch erwischt und dann hast du mir einen Heiratsantrag gemacht und ich habe ja gesagt und du hast mir einen riesigen Diamanten an den Finger gesteckt und ich habe mir eine gelbe Handtasche gekauft ... ich weiß, das hört sich alles vollkommen verrückt an.« Mathilda hob den Kopf und versuchte die Augen zu öffnen, es gelang ihr nur sehr langsam. In ihr Blickfeld geriet eine gelbe Tasche. Augenblicklich riss sie die Augen auf und ein stechender Schmerz flutete ihren Körper.

»Aua!«, jammerte sie und hielt sich den Kopf. Dann fiel ihr Blick auf ihre Hand und sie sah den großen Diamanten ihres Verlobungsrings. »Oh. Mein. Gott! Das war gar kein

Traum.« Sie sah zu Luca, der neben ihr lag und sie liebevoll anlächelte.

»Du hast ja gesagt, und zwar unter Zeugen.« Luca legte zufrieden einen Arm hinter seinen Kopf.

»Welche Zeugen?«, fragte sie kleinlaut.

»Franco und dein Vater. Paul war sehr begeistert, wenn ich das sagen darf.«

»Dann komme ich wohl nicht mehr aus der Nummer raus?«

»Ich denke nicht. Du gehörst mir und ich werde dich darauf festnageln.«

Mathilda bettete ihren Kopf auf seiner nackten Brust. »Du hast mir gestern sehr wehgetan.«

Sanft streichelte er ihren Rücken. »Ich weiß, cara mia, und es tut mir so leid. Aber nun hast du einen Einblick bekommen, zu was Aurora fähig ist. Wir dürfen es nicht zulassen, dass sie noch einmal in unser Leben eindringt. Sie hat dort nichts zu suchen. Du wirst nie wieder die Gelegenheit bekommen, an meiner Liebe zu dir zu zweifeln. Ich werde dich heiraten, wenn es sein muss, schon nächste Woche. Ich liebe dich und niemand wird jemals daran etwas ändern können.«

Er sah sie so liebevoll an, dass Mathilda nicht anders konnte, als ihm Glauben zu schenken.

»Ist das Leben nicht manchmal verrückt?«, flüsterte sie und küsste seine Lippen. »Ich liebe dich auch, deshalb hat es ja so wehgetan. Und hätte ich nicht so viel getrunken, würde es jetzt nicht auch noch wehtun.« Sie berührte ihren Kopf und Luca lachte.

»Komm, lass uns aufstehen und einen Morgenspaziergang machen, das wird deinem Kopf guttun.«

»Wir sollten leise sein, ich will Paul nicht wecken.«

»Der hat gar nicht hier geschlafen«, erklärte Luca, während er sich anzog.

»Was? Wo ist er denn?«

»Er hat mir eine Nachricht geschrieben, dass er bei Caterina geschlafen hat. So wie es aussieht, wird er wohl bei ihr einziehen, bis das Gartenhaus fertig ist.«

»Früher hat er immer mir Nachrichten geschickt«, murmelte Mathilda eingeschnappt.

»Er liebt mich eben. Was soll ich machen?«, grinste Luca.

Mathilda ging auf ihn zu und legte ihm die Arme um den Nacken. »Das ist etwas, was ich sogar verstehen kann, belissimo«, raunte sie an seinen Lippen und küsste ihn gierig. »Ich habe aber auch noch etwas anderes geträumt. Darin spielten unser Bett und du, nackt, eine sehr große Rolle.«

»War nur ich nackt?«, fragte Luca und sah sie verlangend an. »Ich denke, der Spaziergang kann noch ein wenig warten. Du solltest mir mehr von diesem Traum erzählen.« Er hob sie hoch und trug sie zurück ins Bett, wo er sich mit ihr fallen ließ, sodass das Bett laut unter ihnen protestierte. Doch zum Glück war niemand da, der sie hätte hören können.

Francos Rezept

Cannelloni mit Trüffelfüllung:

ZUTATEN (FÜR 8-10 STÜCK)

Für den Nudelteig

- 300 g Mehl
- 3 Eier
- 1 EL Olivenöl
- Salz

Für die Füllung

- 600 g Steinpilze oder Pfifferlinge
- 40 g schwarze Trüffel nach Geschmack
- 600 g Mangold
- 1 Knoblauchzehe
- 1 Schalotte
- 1 TL Thymianblättchen
- 30 g Butter
- Meersalz
- Pfeffer aus der Mühle

Für den Sellerieschaum

- 100 g Knollenselleriewürfel
- 150 g Schlagsahne
- 100 ml Milch
- 20 g Butter
- 1 Spritzer Zitronensaft
- Meersalz
- Pfeffer aus der Mühle

ZUBEREITUNG

1 Für den Nudelteig das Mehl zu einem Häufchen zusammenschieben. In die Mitte eine Mulde drücken, Eier, das Olivenöl und eine Prise Salz hineingeben und alles zu einem glatten, elastischen Teig verkneten. Den Teig in Frischhaltefolie einwickeln und mindestens 30 Minuten ruhen lassen.

2 Teig mit einer Nudelmaschine hauchdünn ausrollen. Acht Quadrate (ca. 12 x 12 cm) ausschneiden. Mit Klarsichtfolie abdecken.

3 Für die Füllung Pilze mit Küchenpapier abreiben, klein schneiden. Trüffel fein würfeln. Knoblauch und Schalotte abziehen, fein würfeln. Pilze, ca. 1 EL Trüffelwürfel, Knoblauch, Schalotten und Thymian ca. 5 Minuten in der heißen Butter andünsten, den Mangold hinzufügen mitdünsten, würzen.

4 Für den Sellerieschaum Knollenselleriewürfel, 100g Sahne und Milch aufkochen, ca. 10 Minuten zugedeckt köcheln lassen. Butter in einem kleinen Topf bräunen, durch ein feines Sieb zum Sellerie geben, alles pürieren, abschmecken. Beiseite stellen.

5 Fein gewürfelten Staudensellerie und restliche Trüffel in heißer Butter ca. 5 Minuten weich dünsten.

6 Nudelblätter in gesalzenem Wasser ca. 30 Sekunden kochen, vorsichtig herausnehmen, abtropfen lassen. Pilzfüllung

darauf verteilen, Nudelblätter aufrollen, die Enden jeweils leicht andrücken. Heiße Selleriesoße und restliche 50 g geschlagene Sahne verrühren, schaumig aufmixen, darüber geben. Mit Sellerie-Trüffel-Mischung anrichten. Kann auch mit Parmesan Käsemischung bestreut werden. Und mit kleinen Trüffelstücken garnieren.

Guten Appetit!

Printed in Poland
by Amazon Fulfillment
Poland Sp. z o.o., Wrocław

35520239R00093